KB248066

… 이 바닥에서는 속마음을 내놓고 말하는 것을 상상할 수 없다. 이민 교회에서 신앙과 함께 배우는 게 속마음을 지우는 기술이다. 사람들은 그런 게 불가능하다는 것을 알면서도 종교인답게 그런 게 가능하다고 믿는다. …

침 묵

백 정 기 소설

침묵

지은이	백정기
초판발행	2025년 12월 2일
펴낸이	배용하
책임편집	배용하
등록	제364-2008-000013호
펴낸 곳	도서출판 대장간
	www.daejanggan.org
등록한 곳	충청남도 논산시 가야곡면 매죽헌로1176번길 8-54
편집부	전화 (041) 742-1424
영업부	전화 (041) 742-1424 · 전송 0303 0959-1424
ISBN	978-89-7071-784-5 13810
분류	기독교문학	소설	변증

 값 15,000원

"요셉, 무엇보다도 제 가슴을 무겁게 만드는 것은 당신이 가질 저에 대한 마음이랍니다. 당신이 저에게 일어난 이 일 때문에 낙심하게 된다면 저는 그 아픔을 견딜 수 없을 것 같아요. 물론 저에게 일어난 일이 감기에 걸린 것처럼 사소한 것은 아니죠."

노아와 엘리엇은 같은 교회에 다닌다.
노아 부부는 아들 알렉스, 며느리 제시, 손녀 에블린이 있다.
엘리엇 부부는 장애가 있는 딸 메리가 있고 사고로 아들이 죽었다.

가벼운 웃음 속에서

내 눈물의 무게로

당신에게 쓰는 편지

이 글은

　자기自己를 타인에게 숨기려는 개인과 공동체의 본성에 관한 이야기다.

　우리는 자기의 그 무엇을 숨기고 싶을 때, 본성과 관습을 따라서 무언가를 과장하거나 사나워지곤 한다. 그리고 이런 시도는 대부분 당혹스럽고 난폭하다. 개인과 공동체의 반응이 똑같다.

　우리가 숨기려는 것은 나만 가진 것 같은 두려움, 절망, 고통 같은 것이다. 혹자는 이것을 수치, 나약함, 무능력으로 여기기 때문이다. 하지만, 이것이 마음에 안 들지라도, 이것은 내 안에 있어서 도무지 감출 수 없고, 그것으로부터 도망하여 숨을 수도 없다. 나를 숨기려 할 때 우리는 진실하지도 자유롭지도 못하다. 자신을 한 번쯤 대단하게 여길 기회조차 사라지게 된다.

오직, 호의를 베푸는 공동체만이 나와 우리의 그것을 희석하고 아무렇지도 않게 만들 수 있다. 사람은 타인의 환대 속에서 비로소 미소지을 수 있다. 우리가 그런 공동체를 찾고 만들 수 있기를 소망한다.

이 글은 빛을 갚기 위한 시도다.

십오 년 전, 누가 시키지 않았는데도 친구들 앞에서 글을 쓰겠노라 했다. 나도 생각하지 않은 말이었기에 그 말의 진정성을 증명할 이유는 없으나, 기이하게도 그 말은 내게 빛이 되었다.

이 글의 배경과 소재는 그때부터 하나씩 모았다. 글을 쓰겠다고 했지만, 글에 필요한 그 무엇을 고를만한 눈이 없기에 대부분은 길에서 줍듯 우연히 발견했거나 어디에선가

빌렸고, 선물로 받은 것들이다.

　그래서 이 글은 빚진 이의 글이다. 글을 쓰려고 문자까지 빚냈다. 글뿐만 아니라 내 인생도 내 손으로 한 게 하나도 없다. 더디고 아둔하며 무책임하기 때문이다. '소 잃고 외양간 고친다'는 속담의 근원이 나다. 모두에게 부끄럽고 고맙다.

　나에게 기꺼이 빚을 내주신 모든 분과 출판사에게 감사드립니다.

2025. 10.

백정기

목 차

1

“엄마, 하나님은 좋은 분이셔?”

잡초와 잔디가 뒤섞인 마당, 다리를 벌리고 앉아서 작은 손으로 이리저리 개미와 벌레를 찾던 여섯 살, 여자아이가 집으로 뛰어들며 엄마에게 말한다.

제시는 저녁때 외식을 할 것인지, 집에서 먹을 것인지 생각하는 중이다. 외식하려면 조금 일찍 출발해서 식당 주변을 걷다가 식당에 들어가는 게 나을 것이고, 집에서 먹으려면 냉장고에 무엇이 있는지 찾아봐야 한다.

제시는 맥락도 없는 딸의 질문에 답해야 한다. 한 손에 하나씩 빨간색 샌들을 들고 달랑달랑 흔드는 아이의 발은 먼지투성이다. 아이는 엄마의 대답을 기다리지 않고 묻는다.

"하나님은 우리를 사랑하셔?"

제시는 머뭇거리지 않고 답한다.

"그럼, 그렇지."

"그런데 왜 사람들을 물에 빠져 죽게 했어?"

아이는 교회에서 들었던 노아 홍수에 관해 이야기하는 것 같다. 약간 곱슬머리인 아이의 눈동자가 반짝인다.

"하나님은 왜 지옥을 만드셨어?"

질문이 많은 아이다. 제시는 나도 저 나이에 저랬을까, 생각한다.

"지옥에서는 사람들이 불에 타는 벌을 받는데. 하나님이 그 일도 직접 하시는 거야?"

아이는 이리저리 눈동자를 굴리는 제시의 얼굴을 빤히 쳐다본다.

"일단, 손부터 씻을래?"

제시는 냉장고를 열며 말한다.

여자아이는 엄마를 보기만 할 뿐 꼼작하지 않는다.

'흠', 하고 문을 닫은 제시는 돌아서서 딸을 본다.

"에블린."

“할아버지는 언제 와?”

아이는 엄마의 말이 안 들리는 것 같다.

에블린은 자기 앞에서 허리를 숙이고 기꺼이 복종하는 노예를 찾는다. 자기의 괜한 말에도 손뼉을 치며 호응할 사람이 필요하다.

에블린은 제시의 대답을 듣지도 않고 돌아선다. 짧은 머리카락을 바짝 동여맨 아이의 뒤통수가 보인다. 아이가 마당으로 뛰쳐나가자 아이의 먼지 발자국이 문 쪽으로 아이를 따라간다. ‘에블린’ 하고 부르는 제시의 말은 에블린을 따라잡지 못한다. 에블린은 할아버지가 없어도 깔깔거리며 뛰어다닌다.

제시의 시아버지, 노아가 집을 나간 것은 두 번째다. 첫 번째 가출처럼 이번에도 그의 가출은 이유 없이 길어지고 있다. 아니, 작은 이유가 있긴 하지만, 그것은 가족이 있는 집을 떠나 다른 곳에서 기거하는 데 합당한 이유가 될 수 없다고 제시는 생각한다. 문제를 만든 시아버지는 여전히 자신의 무책임한 행동을 변명만 하는 것 같다. 제시는 미간을 찌푸린다.

오후의 황금빛 햇살이 아이의 머리 위에서 사방으로 흩어지며 안개처럼 뿌옇게 빛난다.

첫 번째 가출

노아의 집에는 교회가 계획한 봉사활동에 가서 엘리엇 부부와 함께 찍은 사진이 책장에 놓여 있다. 사진 속 사람들이 들고 있는 현수막에는 큰 글자로 쓴 봉사 활동이라는 단어와 교회 이름이 보인다.

노아와 엘리엇은 우연히도 직장 생활을 다른 도시에서 하고 비슷한 시기에 은퇴하고 처음에 정착했던 도시로 돌아왔다. 노아의 아들 내외가 이곳에서 살고 있다.

노아와 엘리엇은 같은 교회를 십 년 정도 다녔는데 그 일이 있자, 노아는 홀로 여행을 떠났다. 노아에게 여행을 권한 사람은 노아의 아내다.

학교 교사였던 노아는 교회에서도 성실하고 정직했다. 노아의 반듯한 이마는 이런 노아의 성품을 반영하는 것 같다. 노아는 담임 목사인 김다윗 목사와 교인들에게 신뢰를 받았고, 자연스럽게 장로가 된다. 연륜, 경험, 성경 관련 지식을 기준으로 할 때 노아는 자격이 충분했다.

교인들은 서로 의지하며 늙으라고 하나님께서 노아와 엘리엇을 만나게 하신 것이라고 한다. 모두가 부러운 얼굴을 하며 그것은 노년에 받은 가장 큰 축복이라고 말한다. 두 사람은 그런 말을 들을 때면 미소를 지으며 고개를 끄덕인다.

노아는 여러 면에서 모범적인 사람이었지만, 어쩐지 사람들은 그와 이야기할 때면 그 자신도 모르게 미묘하게 긴장했다. 노아가 '성경에 근거하면 말이야,' 할 때는 더없이 차갑게 느껴졌기 때문이다. 노아는 평소에 누군가를 비난하거나 판단하지 않았는데 사람들은 노아의 바로 그런 면에서 이질감을 느꼈다. 자기들과 다른 세상에서 사는, 숲 속 오두막에서 살며 일주일에 한 번 세상 구경하는, 사람 같다고 생각한다.

노아는 언제부턴가 소리를 낮춰 말한다. 당신이 말하기 시작하면 사람들이 가만히 말을 멈추는 것 같다고 아내가 여러 번 말했기 때문이다. 한번은 교회에서 돌아오는 중이었다.

"이 집사가 당신은 차가운 예언자 같다고 하던데요."

"내가, 왜?"

노아는 성경 공부 때 이 집사와 약간 언쟁했던 기억이 떠오른다.

노아는 성경 공부할 때 예수에게 동생들이 있음을 거론하며, 마리아를 성화시키기보다 그녀를 우리와 같은 사람으로 보는 게 좋을 것 같다고 했다. 그리고 예수의 동생들은 성령으로 잉태하여 태어난 것이 아니라고 했다. 노아의 말에 이 집사가 발끈했다.

"그래서 내가 어떻게 하란 말입니까?"

노아는 이 모든 게 성경에 있는 내용이라고 답한다. 이에 함께 있던 목사는 역사처럼 성경도 내용을 바꿀 수 없기는 마찬가지라고 말했는데 떨어진 분위기를 어찌할 수는 없었다.

노아의 첫 번째 가출은 엘리엇의 아들과 관련이 있다. 엘리엇의 아들이 교통사고로 입원했을 때다. 엘리엇 부부는 딸과 아들이 있었는데, 딸은 나이를 아무리 먹어도 다섯 살 아이였다. 요즘은 여섯 살 정도 된 것 같다고도 했다.

부부는 연년생으로 낳은 아이들을 키우며 아이들의 뜻과 감정을 최대한 존중했다. 메리에게 장애가 있음을 알고도 이 태도는 변하지 않았다. 주변 사람들은 그러다가 아이들이 버릇없이 된다고 했는데, 아들은 부모가 자랑스러워할 만큼 모범적으로 학교생활을 졸업하고 유명한 기업에 취직까지 했다.

엘리엇의 아들이 병원에 입원했다는 전화를 받자마자 노부부는 노아에게 전화한다. 몸이 떨렸기 때문이다. 노아가 운전해서 병원으로 가는 내내 엘리엇 내외는 눈물을 흘리며 서로의 손을 꼭 잡은 채 기도한다. 응급 처치를 받고 수술실에 들어갔다는 아들을 기다리는 두 사람을 아무 말도 하지 않는다. 아무 소리도 내어서는 안 되는 것처럼 병원 바닥과 복도 끝으로 눈을 돌린다. 그들은 노아에게 돌아가라고 했는데, 그것은 혀가 주인을 위해 억지로 만든 소리였다.

수술실에서 나온 엘리엇 아들의 얼굴은 조금 긁힌 정도

다. 이 정도면 가벼운 타박상이라고 해도 좋을 것 같다. 부부가 아들의 손을 잡고 중얼거리듯 '다행이야, 다행이야' 하는데 의사가 어두운 표정으로 말한다.

"머리를 부딪치며 목이 꺾인 것 같습니다. 폐 쪽에 생긴 상처가 문제가 될 수도 있고요."

그제야 부부는 아들의 가슴에 문제의 상처가 있음을 본다.

일주일이 지나도록 엘리엇의 아들은 눈을 뜨지 못했다. 엘리엇 부인은 아들의 희고 가는 손을 잡고 말한다.

"애야, 아프다고 해봐."

의사는 보호자의 마음을 잘 알면서도 환자의 상태가 좋아질 것이라고 말하지 않는다. 아마도 그럴 수 없었을 것이다.

노아는 날마다 병원에 간다. 열흘이 지나자, 노아는 담당 간호사를 찾아간다.

"환자의 상태에 대해서 솔직하게 말해주실 수 있으세요?"

엘리엇 부부의 간절함을 잘 아는 의사와 간호사들은 환

자의 상태에 관하여 가타부타 아무 말도 못 하고 있다.

"친구분, 아드님의 상태는 나아질 것 같지 않아요."

노아의 얼굴을 아는 간호사가 한숨을 내쉬며 말한다.

"저희도 환자가 젊어서 회복할 수 있을 것으로 기대하지만, 보시는 것처럼 저희가 손을 쓸 수 있는 게 하나도 없어요."

간호사의 표정에서는 어떤 감정도 읽을 수 없다. 주머니에 손을 넣고 있던 간호사는 책상 위에 있는 알루미늄 차트의 모서리를 만지작거린다. 노아는 아침에 보았던 엘리엇 부인의 움푹 들어간 눈과 휘청이는 발걸음이 떠오른다. 노아는 자기도 모르게 고개를 숙인다. 땅바닥에 떨어진 한숨이 뚝, 부러진다.

며칠 뒤, 교회 예배를 마치고 노아와 김 목사는 엘리엇을 병원에 있는 카페로 불러낸다. 밥은 먹었냐는 노아의 말에 엘리엇은 말없이 고개만 끄덕였고, 노아는 그것이 질문과 상관없는 행동이란 것을 안다.

그즈음 엘리엇 부부는 중환자실에서 멀지 않은 자리에 앉아서 일상을 보내고 있다. 간호사가 빠른 목소리로 환자의 이름을 외치며 보호자를 찾으면 곁에 있던 사람 몇이 달리듯 병실로 들어갔고, 곧이어 막을 수 없는 울음소리가 들리는 일이 여러 번 있었다.

엘리엇 부부는 중환자실을 바라볼 수 있는 자리면 만족했다. 아들이 아무리 작은 소리로 '엄마', 할지라도 그 소리를 들을 수 있을 것 같았기 때문이다. 아니, 얼마든지 들을 수 있다고 믿었다. 그 신음을 내가 들어야 아들이 깨어날 것 같다는 믿음이 자연스럽게 자랐기 때문이다. 그것은 하나님을 믿겠다고 결심했을 때 문득, 찾아온 그 벅찬 감격과 같다. 그래서 두 사람은 이 자리를 벗어나는 것은 하나님의 뜻을 거부하는 것, 믿음에 반대하는 행동이라고 확신한다.

엘리엇은 볼살이 빠졌지만, 눈빛은 밝다. 그 눈은 주님께서 우리의 시련을 끝나게 해주실 시간이 가까이 왔다고 말하는 것 같다.

김 목사는 엘리엇에게 메리는 잘 지내냐고 묻는다. 그것은 알면서 하는 말이다. 메리는 노아네 집에서 지낸다. 메리와 에블린은 단짝이라도 되는 것처럼 잘 논다. 에블린은 메리와 함께 있으면 자기가 대단히 중요한 일을 한다고 여기는 것인지, 진심으로 즐거워하는 것인지 알 수 없으나 제법 긴 시간을 함께 보낸다.

어제는 에블린이 자기 방에서 나와 가족이 모여 있는 거실로 와서 말했다.

'조용히 해주세요. 메리 언니가 자고 있으니까요.'

세 사람의 침묵이 늘어지자, 김 목사는 날씨가 좋다며 밝은 날씨처럼 아들이 나아질 것이라고 한다. 노아에게 돌아갈 때가 되었다는 신호를 보내는 것 같다. 엘리엇은 두 사람의 얼굴을 보지 않고 말한다.

"다음에 올 때는 전화하고 와. 친척들에게도 그렇게 말했어. 그리고 나 빼고 간호사나 의사에게 우리 애의 상태에 관해서 물어보지 않으면 좋겠어."

그것은 노아에게 하는 말이다.

저녁에 엘리엇이 노아에게 전화한다. 메리와 에블린은 잘 지내냐고 물었고, 내일 메리를 집으로 데려가서 돌봐줄 사람이 찾아갈 것이라고 한다. 노아는 '응' 하며 고개를 끄덕인다.

그렇게 일주일이 지났을 때 노아는 병원에서 예전의 그 간호사를 찾는다.

"환자가 나아졌나요?"

그녀는 보호자의 건강이 염려된다고만 답한다. 노아가 간호사에게 고맙다는 인사를 하고 나가려 할 때 자기를 부르는 엘리엇의 목소리가 들린다. 귀찮은 외판원에게 보내는 눈빛으로 노아를 쏘아보는 엘리엇이다. 노아는 숨소리가 자기 귀에 들릴 정도로 크게 숨을 내쉰다.

엘리엇은 느리지도 빠르지도 않게 걸어와서 말한다.

"왜, 무슨 말을 하려고 온 거야?"

노아는 엘리엇 부부의 행동을 합리적이지 않다고 말할 것이다. 엘리엇은 그렇게 짐작한다. 아들의 치료는 의사에게 맡기고 본인들의 건강을 챙기며 메리의 미래를 설계해야 한다고 말할 것이다. 노아의 말은 이런 일이 닥쳤을 때 당사자가 취해야 하는 행동 원칙 같을 것이다. 노아는 그렇게 살아왔으니까. 원칙에 따라서 순서를 따라 일을 빠르게 처리하는 사람. 그래서 노아가 밉고, 싫다.

눈 밑이 바르르 떨리는 엘리엇은 눈도 껌벅이지 않는다.

그것은 어떤 말을 끌어 올리려 애쓰는 것 같기도 하고, 어떤 말을 눌러 삼키려는 것 같기도 하다.

"우리가 아들을 어떻게 키웠는지 알 거야."

엘리엇의 턱 근육이 씰룩인다.

노아는 시선을 창밖으로 옮기다가 자기도 모르게 '성경에 의하면' 이라는 문구를 딸각, 바닥에 떨어뜨린다. 노아만 들을 수 있는 말이고, 이어지지 않는 말이다. 그것은 엘리엇의 태도에 대한 노아의 사소한 반발인지도 모른다. 엘리엇의 눈동자가 무엇인가를 찾으려는 듯 이리저리 움직인다. 노아는 느리게 숨을 내쉰다.

엘리엇의 아들은 사고 이후 눈을 한 번도 뜨지 못한 채 죽었다. 엘리엇은 장례식 예배 때 눈물을 흘리지 않는다. 엘리엇이 노아에게 다가와서 말한다.

"애한테 할 말이 있으면 해봐. 저 애는 마음이 고와서 무슨 말이라도 들어줄 거야."

주위에 서 있던 사람들이 말없이 서로의 얼굴을 살핀다. 노아와 엘리엇 사이에 서 있던 메리는 갑자기 찾아온 침묵이 낯설었는지 고개를 들어 두리번거린다.

장례가 끝난 뒤에 엘리엇 부부는 교회에서 노아와 눈길을 마주치지 않는다. 차를 마시는 자리에서 둘은 멀찍이 앉았고, 그럴 때면 사람들은 자리를 선택하기 위해서 주춤주춤한다.

노아는 은퇴했는데도 사람을 마음으로 대하는 게 어렵다. 규정, 절차에 따라 일을 처리하지 않으면 그 무엇도 진행되지 않았고 결말도 나지 않는 일을 했다. 직장에서는 그것을 익히고 잘 실행하는 게 중요했다.

노아는 여행을 다녀오겠다며 집을 나갔다. 첫 번째 가출이다. 노아는 예전에 갔었던 서점을 찾아갈 생각이다. 서점이 지금까지 그대로일 것이란 기대는 하지 않는다. 한번 가봐야지, 하고 계획하면 그때마다 직접 해결할 일이 생기거나, 중요한 일이 겹치곤 했다. 그 서점에 처음 갔던 게 삼십 년도 더 되었다.

* * *

숲의 초입에는 서너 대의 자동차를 세울 수 있는 공터가 있고, 숲으로 이어진 길의 끝, 백 미터쯤 되는 곳에 작은 서점이 있다. 해는 중천에 있고 하늘엔 구름 한 점 없다. 투명한 바람결에 흔들리는 나뭇잎끼리 부딪치는 소리가 청량하게 메아리친다.

남자와 여자가 천천히 걷는 길은 아침 안개가 자욱했다. 마흔쯤으로 보이는 남녀는 흙 위로 돌이 드러나고, 듬성듬성 키 작은 풀이 삐죽삐죽 솟은 길을 좋아하는 얼굴이다.

여자가 말한다.

"노아, 날씨가 정말 좋죠?"

여자는 양손을 이마에 대고 하늘을 본다.

서점을 향한 길은 자동차 한 대가 지날 정도의 폭은 되었는데, 좌우로는 경작하지 않은 밭이 곳곳에 있다. 그곳이 예전에 밭이었음을 알게 하는 것은 불룩한 둑길이다.

서점에 들어가려면 두어 단의 계단을 서너 차례 오른다. 서점을 내려다보는 높은 나무들은 큰바람이 불 때만 무엇인가 말하려고 기다리는 것처럼 어슬렁거린다. 큰바람이 오는 날이면 세상모르고 떠들던 새들도 입을 다물 것이고, 나무의 말은 바람 때문에 알아들을 수 없을 것이다. 서점 창문으로 비친 전등 빛을 보며 남녀는 보조를 맞추어 걷는다.

여자가 문을 연다.

"계세요?"

서점은 침묵에 어울리는 어둠을 유지한다. 부문 조명을 사용했기 때문인데, 주인은 외출한 것 같다. 아무도 없다. 서점은 긴장과 고요함 속에서 막이 올라가길 기다리는 무대 같다.

서점 중앙에 있는 직사각형 탁자에는 전면 진열한 책들이 있다. 벽의 책꽂이에는 다양한 무늬의 벽지처럼 책이 꽂혀 있다. 한쪽에 놓인 낡은 책상에는 전화기, 필기구, 서류 더미와 함께 신간과 구간이 뒤섞인 채 쌓여 있다. 이 책상에서 주인은 책과 서류를 정리하기도 하고, 도시락을 먹기도 하는 것 같다.

남자는 책상에 펼쳐진 책을 향해 무심하게 손을 뻗는다. 녹색 천으로 표지를 했는데, 나무로 깎은 책갈피가 살짝 삐져나와 있다. 서점 주인이 읽던 책으로 보인다. 남자는 책을 펼친다.

* * *

엊그제부터는 집 가까이에도 들짐승의 사체가 눈에 띄기 시작했다. 땅을 무릎만큼이나 파내도 젖은 흙을 만질 수 없고, 뿌리를 내리지 못한 씨앗들은 먼지처럼 부서진다. 계절마다 오는 비구름은 보이지 않고, 뜨거운 동풍은 이슬이 내려앉기도 전에 물기를 날려버린다.

아버지는 아들을 곁에 앉힌 채 땅끝을 보며 말한다.

"고향으로 돌아가면 어떻겠냐. 우리가 도둑질 때문에 떠난 것도 아니고, 우리를 받아줄 친척도 그대로 있는데."

아버지의 말이 답일 수 있다. 여기에는 친척도 없고, 의지할 만한 사람도 없다. 이 땅을 지나는 길이라면 간단한 도움을 받을 수 있겠지만, 정착하겠다는 낯선 사람을 쉽게 받아주는 곳은 없다. 정착은 마을 사람들이 동의해야 가능하다. 그리고 양을 칠 만한 땅과 우물은 대부분 마을 소유였고, 사람이 없는 광활한 곳에서는 물과 풀이 부족했다.

고향을 떠나기 전부터 이곳에 오는 동안 아버지는 말하고 결정하는 것을 혼자서 했다. 아들은 그런 아버지를 이해하려고 애썼다. 지금, 아버지는 말할 상대와 길을 동시同時에 잃었다. 아버지의 말은 본인을 이해시키기 위한 말이 되었다. 그럴 수밖에 없을 것이다. 아들은 아버지의 늘어가는 혼잣말을 들어가며 홀로 결정해야 한다. 모든 게 낯설다. 아버지도 처음에 이랬을 것이다.

과거에 비하면 미래는 항상 불확실하다. 그렇다고 해서 지나온 길을 더듬어 갈 수 없다. 무슨 이유 때문인지는 자신도 모른다. 돌아가는 길은 알겠는데, 마음을 가볍게 얹을 수 있는 마차를 준비할 자신이 없다.

아버지는 고향을 떠날 때 그 일을 은밀하게 준비했다. 왕의 소유인 백성이 왕을 떠나는 일이었으므로 친족들 모르게 짐을 꾸렸다. 설령, 누군가는 눈치챘을지라도 아버지의 형편을 아는 그들은 아버지에게 묻지 않았다. 어디로 갈 것인지를 묻는 아들의 말에 아버지는 하늘의 별을 보며 방향을 정할 것이라고 했다. 아버지의 계획 속에서 그건 가장 아버지다운 말이었고, 그것은 길을 모르는 사람이 갖는 확신이었다.

아들은 자기들이 사는 도시처럼 발달한 곳이 없다는 것을 알고 있다. 세련된 법과 안정적인 질서, 거대한 두 개의 강을 통해 오가는 방대한 물자, 칭송받는 왕이 있는 도시다. 이 도시와 국가는 더 발전할 것이다.

하지만, 아버지는 이 도시를 떠나기로 작정했다. 아버지는 자기를 이해하지 못하는 가족에게 인정받기 위하여 별을 따라 길을 잡고 가족을 이끌었다. 그 별은 모두에게 유일하면서도 최고의 안내자로서 나그네들에게 공평했고, 변함이 없었다. 아들은 아버지의 등背을 보며 묵묵히 걷는 자기의 결정과 행동을 이해할 수 없었지만, 불편한 마음은 없었다.

낯선 길에 오를 것인가, 익숙한 길을 따를 것인가. 뜨거운 바람이 지나는 길목에서 아버지는 중얼거린다. 아버지의 습관이다.

"아버지, 저는 남쪽으로 갈 겁니다." 아들은 먼 곳을 향해 눈을 가늘게 뜨며 말한다. 그것은 아들의 혼잣말이다.

아들은 아버지가 했듯이 낯선 길을 따른다. 남쪽에는 강력한 왕이 큰 강과 사람들을 다스린다고 했다. 물만 마르지 않는다면 그 땅에서 씨를 뿌리고 가축을 먹일 수 있을 것이다. 여러 도시를 오가는 상인들과 만나서 들었던 이야기도 있고 하니까, 먹고 살길이 있을 것이다. 고향을 등지고 한걸음 씩 나간다.

* * *

노아는 자기가 아는 내용이라고 생각하자 책을 쥔 손에 힘이 들어간다.

"주인이 출타하셨나 봐" 하고 한쪽에 서서 책을 뒤적이던 여자가 말한다. 노아는 여자의 말에 응, 하고는 책을 들고 가까운 의자에 앉는다. 여자는 뭔가를 말하려다가 얼굴을 책에 가까이 대고 있는 노아를 보고는 시선을 돌려 책꽂이로 향한다.

* * *

남쪽 나라에 들어간 아들은 어제, 아내를 남쪽 땅의 왕에게 넘겼다. 자칭, 태양의 아들이라 하는 남쪽 왕은 칼을 휘두르지 않았고, 소리를 높여 말하지도 않았다. 상대를 무시하는 눈빛도 아니었다. 하지만, 그는 눈빛만으로 상대를 의기소침하게 만드는 법을 알고 있었다. 그의 눈에서는 무엇이든 꿰뚫어 보고 알아낼 것 같은 빛이 어른어른했다.

부모님과 식솔食率을 살리기 위해서 어쩔 수 없이 내린 결정이었고, 아내도 동의했다고 하지만, 나를 믿고 따른 아내를 왕의 손에 넘기고 도망치듯 왕궁을 나왔다. 아들은 중요한 사건이 순식간에 끝났다는 게 황당하다. 내가 살겠다고 한 짓이다.

* * *

노아는 두 손으로 책을 끌어안는다. 노아, 하고 여자가 부른다. 목소리가 곱다. 두 사람이 서점을 나올 때도 주인은 돌아오지 않는다. 노아는 책을 놓지 않는다. 다음에 와서 책값을 내겠다고 생각한다.

노아는 어느 날 늦은 오후, 햇살이 심심하게 바닥을 뒹구는 것을 보다가 그 책이 어디엔가 있을 텐데, 하며 바닥에서 일어난다. 노아는 책장을 이리저리 살핀다. 책과 책 사이를 살피고, 책 위에 누운 책들을 뒤적인다.

"여보, 내 방에 있는 책을 정리한 적 있어요?" 하고 노아는 부엌을 향해 소리친다.

"내가 당신 책을 만질 이유가 없잖아요."

책에 관해서 아내의 답은 항상 똑같다.

서점에서 책을 갖고 온 그날, 노아가 화장실에 가려고 일어났을 때, 새벽 네 시였다. 잠들기 전에 읽었던 글의 내용이 꿈속에서 맴돌았다. 앞을 가리는 먼지 바람, 끝없는 모래 바다였다. 녹색 책을 집어 든다.

노아는 책장을 덮으며 손바닥으로 표지를 가볍게 쓸어내린다. 그러다가 다시 잠이 들었는데, 어떻게 잠들었는지 알 수 없는 것처럼, 그 책을 어디에 놓았는지 도무지 기억할 수 없다. 이사할 때 어디에선가 나오겠지, 했는데 끝내 찾지 못했다.

책의 위치에 관한 노아의 기억은 새로워지지 않았다. 서점에서 책을 갖고 왔고, 자다가 일어나서 책을 서너 장 읽고 이내 잠들었다는 기억만 선명할 뿐, 책은 처음부터 없었던 것 같다.

노아는 분명히 손에 들었는데, 하며 손에 책을 든 모양을 하고 현관에서 자기 방으로 천천히 걸어, 책꽂이 앞에서 책을 꺼내어 읽는 자세를 취한다. 역시, 기억은 이어지지 않고 까뭇하다.

모를 일은 따로 있다. 이상하게도 노아는 그 책을 주인에게 돌려줘야 한다는 생각이 없다. 노아는 서점에 자기 책을 맡겼다가 찾아온 것처럼 행동했다. 지금까지 돈을 내지 않았으니 책 도둑이 틀림없다.

노아는 서점이 있던 곳을 둘러본다. 서점은 실종되었다. 예상했던 일이고, 오는 내내 그럴 수 있다고 생각했다. 초월적 존재가 인간에게 자기의 모습을 잠깐 보여준 것처럼, 서점은 세상에서 한 권뿐인 녹색 책을 노아에게 전달하는 것으로 자기의 역할을 다하고 사라졌다. 그래서 그 책도 서점처럼 사라진 것이고.

세상은 사람들이 이해할 수 없는 기이한 이야기로 가득하다. 그리고 그런 이야기가 문제를 일으킨 예는 한 번도 없다. 이해할 수 없거나 믿음 없는 사람들의 이야기가 문제되지 않는 것처럼 노아도 자기만의 이야기를 갖게 되었다. 내 안에 있으나 증명할 수 없어서 보여줄 수 없는 이야기다.

노아는 깊은 숲으로 변한 자리에서, 서점 주인의 책상이 있었을 법한 위치, 고개를 들어 하늘을 본다. 키가 더 큰 나무들이 더 높은 곳에서 수군거린다.

＊ ＊ ＊

유치원에서 돌아온 에블린이 할머니, 할머니, 하며 뛰어들어온다.

"할머니, 사람들이 다윗에게 대체 무슨 짓을 시킨 거야?"

에블린은 할머니 방문에 서서 소리친다. 그것은 할머니의 말투다.

"할머니도 다윗이 골리앗의 목을 잘랐다는 걸 알았어? 다윗은 어린이잖아."

아이는 할머니 방의 문설주에 손을 짚은 채 할머니를 바라본다. 할머니는 손녀의 질문에 답하려고 눈을 들어 천장을 본다. 제시가 뒤따라 온다.

그런 할머니의 얼굴을 힐끗 바라본 손녀가 뒤돌아서며 중얼거린다.

"어린애에게 칼을 잡게 했잖아."

아이는 못마땅하다는 것인지, 즐겁다는 것인지 알 수 없는 몸짓을 하며 뛰어나간다.

"유치원에서 친구들하고 다윗이 나오는 동화책을 읽었대요."

제시가 슬쩍 입꼬리를 올리며 말한다.

"애들 책에 그런 내용이 있니?"

제시는 빙긋 웃는다.

"아니요. 차에서 다윗 이야기를 계속하길래 아버님처럼 성경에 근거하여 말해줬어요."

할머니는 중얼거리듯 그 시아버지에 그 며느리구나, 하며 작은 소리로 웃는다.

노아는 여행이 무엇인지 모른다. 걷다가 온종일 한자리

에 앉아서 오가는 사람들을 초점 없이 바라보고, 눕기도 한다. 한 곳에서 여러 날 머무르지 않는다. 십여 일 해외여행을 다녀왔고, 어떤 날에는 모르는 사람들과 어울려 가장 먼 곳으로 가는 기차를 탔다.

햇볕을 받고 싶으면 문밖으로 나갔고, 모르는 사람들과 처음 가는 길을 아무렇지도 않게 걸었다. 걷는 일은 틀릴 수 없었다. 온몸에 피로가 몰려오는 것을 느끼며, 어떤 날에는 한 걸음도 움직일 수 없을 것 같은 무거움에 눌린다. 박물관, 공연장, 전시회는 시간을 보내기 좋다. 긴 줄의 끝에 서보기도 하며 관람객들을 따라 두리번거린다.

낮에 있었던 일을 시시콜콜 이야기할 사람이 곁에 없어서 어색해지는 날 저녁에는 아내와 길게 통화했고, 중간에는 에블린하고 영상 통화를 한다.

* * *

노아의 전화기가 울린다.

"이게 얼마 만이야, 잘 지내고 있지?"

상대는 노아의 목소리에 웃으며 말한다.

"전화번호를 잘 못 눌렸네요."

그래도 괜찮은 거 아니냐며 노아가 웃는다. 상대는 마침, 오늘 저녁에 모임이 있으니까 오라 한다. 은퇴한 직장 동료들 모임이다. 노아가 숙소를 잡은 곳에서 멀지 않다.

반가운 얼굴로 나타난 친구들은 서로의 손을 잡고 등을 두드린다. 그러다가 이마에 있는 주름을 가리키며 세월은 감출 수 없다고 떠들썩하다. 그런 것을 신나는 일이나 되는 것처럼 이야기하는 이유를 모르겠지만, 동료들은 앉고 일어설 때 신음인지 기합인지 모를 소리를 한 번씩 내지른다.

헤어질 시간이 되자 집이 어디냐고 서로 묻는다. 그들은 자기의 온기로 집을 덥혀야 해서 마지막 잔을 힘껏 목구멍에 털어 넣는다. 상대의 손목을 잡고 조금 더 마시자 했던 얼굴에는 골 깊은 주름이 새롭다. 그것은 직장 동료에게 보낸 질시의 눈빛이나 비열했던 냉소冷笑를 훌륭하게 감추는 역할을 맡은 것 같다. 그때는 서로 더없이 사납고 난폭했었다. 지금은 내린 곳의 위치나 이름도 모르지만, 분명히 종점에 하차한 사람들이다.

낮이 짧아지고, 밤은 점점 짙어진다. 노아는 세상 끝에 가보지 않았는데도 세상 끝까지 가본 것 같다. 인생의 마지막에 느끼는 감정이 이렇지 않을까 하는 막연한 생각이 들다가도, 미래未來라는 단어가 있어서 그것은 불가능하다고 생각한다.

선잠이 들었던 노아는 아내에게 친구들 이야기를 했고, 노아의 아내도 그런 것 같아, 하며 나지막이 웃는다. 노아는 아내에게 웃는 이유를 묻는다.

"우리가 그런 끝을 향해 너무 열심히 살았다는 생각이 들어서."

"그런가, 그게 웃을 일인가?"

노아는 아내의 얼굴이 떠오른다.

"내일 집에 가, 함께 저녁 먹지."

창밖은 새로운 여행을 떠나기 전날 밤 같다.

노아는 익숙한 나무와 건물들, 도시의 냄새를 따라 집에 도착한다. 노아는 문을 열며 아내를 부른다. 손녀는 여섯 시에 아들이나 며느리가 유치원에서 데리고 올 것이다. 시간이 있으니까, 샤워부터 하고서 아들 내외가 귀가하면 함께 외식하는 것도 좋겠다고 생각한다. 가방을 내려놓으며 다시 한 번 부른다.

"여보."

집에는 아무도 없는 것 같다. 장 보러 나갔나, 하고 중얼거리며 노아는 아내의 방문을 연다. 아무것도 덮지 않은 채 아내가 침대에 누워있다. 감기라도 들면 어쩌려고, 하며 노아는 잠든 아내의 얼굴을 보다가 손을 뻗어 아내의 얼굴을 만진다.

노아는 천천히 전화기를 꺼내어 아들에게 전화한다.

* * *

처음 시작된 긴 이별은 사람들을 지치게 했다. 메리는 동생이 죽은 뒤에 조금씩 변했다. 식탁에서 그릇을 자주 떨어뜨렸고 어떤 때는 엘리엇 부부에게 '악' 하고 소리쳤다. 갑자기 얼굴을 가린 채 울기도 하는 메리는 나타나지 않는 동생 때문에 불안해하는 것 같다. 그 동생은 메리와 지금까지 삼십 년을 함께 살았다. 늦게 결혼한 엘리엇 부부는 다른 가족보다 빠르게 활기와 웃음을 잃는다.

노아가 여행에서 돌아온 날 저녁에 노아의 아내는 세상

을 떠났다. 심장마비라고 했다. 교인들은 연이어 발생한 이별 때문에 우울하다. 노아는 한동안 집에서 나가지 않고 오래된 물건들을 정리한다. 대부분 아내와 함께 사용했거나 아내가 골라준 것들이다.

노아가 아내의 장례를 치르고 계절이 변했을 때 엘리엇 부부가 노아를 찾아오겠다고 한다. 알렉스는 엘리엇 부부가 어머니 장례식 때 다녀갔다고 지난번에 노아에게 말했다. 노아는 그들의 얼굴을 본 지 꽤 되었다고 생각한다.

엘리엇은 팔에 녹색 깁스를 했고, 엘리엇의 아내는 이마에 상처가 있다. 엘리엇은 소파에 앉아서 노아네 집에 처음 온 것처럼 사방을 두리번거린다. 노아는 말없이 차茶를 내놓자, 다들 말없이 차를 마신다.

엘리엇은 문득 뭔가 떠오른 것처럼 노아에게 말한다.

"메리를 맡아줬으면 해."

노아는 메리가 무엇이든 자기 마음대로 하려고 한다는 소리를 며느리에게 들었다. 메리가 집에서 불을 낼 뻔했는데 엘리엇이 메리를 말리려다 메리에게 떠밀려서 팔이 부러졌다. 엘리엇 부부는 일요일마다 메리를 교회에 데리고 왔었는데, 이제는 메리의 행동을 통제할 수 없어서 함께 외출하는 것을 꺼리는 형편이다.

엘리엇은 메리를 시설에 보낼 수는 없다며 '형' 하고 크게 운다. 메리를 시설에 보내는 게, 자식을 감옥에 가두는 거 같고, 부모 자식의 인연을 끊는 것 같아서 쓰리다고 한다. 이 모든 게 엘리엇 내외와 자녀들에게 너무나 가혹한 일이어서 도무지 믿기지 않는데도 아무렇지 않은 세상이다.

메리는 노아를 처음 봤을 때부터 잘 따랐다. 교회에서 노아를 보면 먼저 인사했고, 노아 옆에 앉는 것을 좋아했다. 노아의 목소리가 들리면 이내, 그쪽으로 얼굴을 돌렸다.

"자네라면 메리를 잘 보살펴 줄 수 있을 것 같아서 그래."

엘리엇은 자기 아내의 손을 잡으며 말한다.

"우리 힘으로는 메리를 키울 수 없다고 결론을 내렸어. 더는 못해."

엘리엇은 메리가 성장하고 나아질 것으로 생각했을까. 그럴 것이다. 부모니까.

노아와 엘리엇 사이에 있던 틈을 무엇이 메우고, 누가 다리를 놓았는지 알 수 없지만, 노아는 엘리엇 부부의 결정을 이해하기 힘들다. 메리를 맡아달라고? 무엇을 어떻게 하란 말인지 알 수 없다. 노아에게 짐을 지우는 게 틀림없는데도 메리 부모는 주저하는 눈빛도 미안한 빛도 없다.

"나는 자기가 메리를 어떻게 대하든 관여하지 않을 거야."

엘리엇이 말한다.

"그것이 메리를 행복하게 하려는 자기의 노력이란 것을 믿으니까. 우리는 그렇게 결정했어."

노아는 엘리엇의 팔을 감고 있는 깁스를 보며 그가 내렸다는 결론을 생각한다. 노아의 아들과 며느리가 가만히 노아의 뒤쪽에 서서 그들의 말을 듣는다. 메리가 계속 저러면 우리 가족은 또 다른 결정을 내려야 할지도 모른다며 엘리엇은 눈물을 떨군다. 눈물.

우리가 무슨 죄를 지었다고 주님께서 이러시는지 모르겠어요, 하며 엘리엇 부인은 양손으로 얼굴에 흐르는 눈물을 훔치며 말한다.

"주님은 우리가 깨달아야 할 게 있다고 생각하시는 걸까요?"

두 사람은 늘 걷는 길 위에서 돌연 방향을 잃고, 이름조차 기억 못 하며 손을 떠는 노인이 되었다.

눈물을 닦은 엘리엇은 한쪽 벽에 있는 노아의 가족사진을 보며 말한다.

"우리는 결정한 대로 다음 주에 여행을 떠날 거야."

눈물이 지난 자리에서 목소리가 흔들린다. 노아는 엘리엇이 말하는 여행이란 단어가 '잠시 다녀옴'으로 들리지 않는다. 어디로 갈 것이냐고 물어도 엘리엇은 답하지 못할 것이다. 작은 가방도 못 들 것처럼 무기력하게 변한 두 사람이 여행을 떠나겠다고 한다.

메리는 낮에 돌봄 시설에 가면 되고, 밤에는 집에 혼자 있다. 밤에 함께 있을 사람이 필요하다.

기묘한 긴장과 뜻 모를 침묵이 엘리엇 부부와 노아를 느슨하게 얽는다. 엘리엇은 일을 신중하게 처리하는 것을 좋아했고, 그에 걸맞은 행동을 한 사람이다. 지금도 마찬가지일 것이다.

노아는 엘리엇 부부가 다음 주에 여행 가방을 들고 집을 나서는 장면을 보는 게 좋을 것 같다고 생각한다. 노아는 메리를 돌봐주겠다고 한다. 엘렉스와 제시가 서로의 얼굴을 본다.

엘리엇은 해외에 있는 친척 집에 다녀오겠다며 신용카드를 노아에게 건넨다. 엘리엇은 노아의 손을 두 손으로 잡는다. 둘은 포옹한다.

두 번째 가출

　노아는 엘리엇 부부가 여행을 떠나는 날 메리를 살피러 갔다가 엘리엇의 집에서 머무르기로 한다. 엘리엇의 말처럼 메리를 돌보는 일에는 밤낮이 없다. 엘리엇은 노아에게 메리가 가고 싶은 곳이면 어디든, 산과 바다로, 데려가 달라고 했는데 마트에 가는 일이 급하다. 메리가 좋아하는 아이스크림이 떨어졌기 때문이다.

　메리가 노아의 팔짱을 끼고 지나가면 사람들이 그들의 뒷모습을 힐끗거린다. 메리는 피부가 하얗다. 피부색이 그런 게 아니라 빛을 반사하기 때문이다. 감추고 싶어도 감출 수 없는 것처럼 노아보다 키가 큰 메리를 숨겨서 다닐 수 없다. 메리와 노아는 자기들이 원치 않아도 드러난다. 아이스크림은 바닐라와 초콜릿을 샀다.

칠십 언저리 노인 곁에서 검은 생머리를 등 뒤로 흩날리는 여자의 몸매가 날씬하다. 노아는 나이가 들어도 허리가 반듯하고, 눈빛이 맑다. 두 사람이 팔짱을 끼고 걸어가면 그들을 아는 사람들은 뒤에서 수군댄다.

교회에서는 다들 노아와 메리, 두 사람 이야기만 한다. 사람들은 김 목사에게 주일마다 이 문제의 답을 요구한다.

"다윗처럼 용맹하게 하나님의 진실을 전하십시오."

김 목사는 날을 정하고, 이에 관하여 땀 흘리며 매우 긴 설교를 했는데 사람들은 설교 후에 뭐가 어떻다는 것인지, 그래서 뭘 어떻게 하란 말인지 도무지 알 수 없는 설교라며 입술을 삐죽인다.

메리는 옷 가게에 들어가면 거울 앞에서 옷을 들어 자기 몸에 대고는 행복한 표정을 짓는다. 메리는 '옷을 조심해서 다뤄주세요' 하는 직원의 말이 들리지 않는다. 외부와 단절된 투명 벽에 갇힌 것처럼 행동하는 메리의 태도는 무례하게 보인다. 메리는 그렇게 옷 가게를 돌아다녔고, 옷 가게 직원은 입구에서부터 메리를 따라다닌다. 노아는 메리를 따라다니며 흩어놓은 것들을 정리한다.

시장 상인들은 메리를 보면 가게 입구에 나와서 그녀에게 인사했는데, 주인들의 이런 태도가 매우 자연스럽다. 그들은 이 방법이 메리가 가게에 들어오는 것을 막을 수 있는 유일한 방법이란 것을 안다. 그들은 바쁜 시간에 그녀를 상대하는 게 불편했지만, 기분 나빠하지는 않는다. 남자들은 자기 아내의 눈치를 보면서 메리와 이야기했는데, 메리가 느닷없이 악수를 청하곤 했기 때문이다. 그럴 때면 남자들은 손을 내밀면서 메리의 크고 맑은 눈, 발그레한 입술을 똑바로 보지 않는다. 키가 노아보다 큰 메리는 어디에서나 여신처럼 당당했는데, 남자들은 자연스럽게 그 앞에 굴복하는 것 같다. 메리의 강력한 밀치기를 모르는 그들로서는 어떤 환상을 가질 만도 했다. 사람들은 멀어지는 노아와 메리를 한참이나 바라본다. 두 사람은 엘리엇의 집에서, 한 지붕 아래에서 먹고 잔다.

한 교인은 목사님의 말씀으로 만족할 수 없다며, 목사님이 대책對策을 제시하지 못하니까, 이 방면에 유명한 전문가에게 답을 구하는 게 어떠냐고 했다. 그는 자기가 아는 친구에게 부탁하겠다고 한다. 모두가 그렇게 하라는 눈빛을 그에게 보낸다. 그는 일주일 뒤에 자기를 기다린 사람들에게 말한다.

"거기도 신통치 않더라고요."

노아는 메리가 잠들자, 권투 영상을 본다. 십 년 정도 된 노아의 일상이다.

* * *

노아가 소파에 누워 권투 중계를 보고 있으면 노아의 아내는 웃음기 띤 목소리로 말했다.

"그것은 기독교인에게 어울리지 않는 취미네요."

노아는 속으로 그렇지, 하고는 가볍게 미소 지었다.

선수들은 사각 링에서 상대와 주고받은 서너 번의 주먹질로 온몸이 빠르게 달궈진다. 어떤 선수는 큰 거를 한 방씩 퍽, 퍽, 맞으면 시원하다고 했는데, 그 쾌감은 번개처럼 암전暗轉을 만들며 선수를 바닥에 팽개친다. 때린 자는 결코, 알 길이 없고 느낄 수도 없는 경험이다.

두 선수의 목표는 똑같다. 허리를 돌리며 힘이 실린 주먹으로 상대를 강하게 때리는 것이다. 상대에게 가혹한 징벌을 가하는 것처럼 주먹을 찌르고, 휘두르고, 내리친다. 낚아채듯 하는 주먹이 머리카락 두께 차이로 눈앞을 스치고, 글러브와 피부 사이에서 울리는 파열음은 뼈를 타고 울린다. 누군가의 눈가가 찢어지며 흐른 피에 두 사람의 글러브가 피로 얼룩져도 누군가의 패배를 말하기는 아직 이르다.

그러면서도 두 사람은 서로의 이마를 맞댄다. 살을 찢는 고통과 희열을 주고받는 상대에게 친밀감을 표현하는 행위는 아닐 것이다.

노아는 적敵과 이마를 맞댄 두 사람이 호흡을 고르는 장면이 낯설다. 쓰러뜨려야 할 적과 체온을 나누는 것을 한 번도 상상해 본 적이 없다.

이마를 마주한 두 사람 사이에 있는 실낱처럼 가늘고 치밀한 공간에서 긴장감과 평온함이 함께 솟구친다. 그것은 은밀한 적을 대비對備하는 게 아니라, 당당하게 나타난 적을 마주한 자들이 갖는 특권이었다. 링에는 그 어떤 두려움이나 알 수 없는 불안감 따위는 어디에도 없고 확실한 적敵만 있다. 이마를 맞대고 있는 사람만 이기면 세상 모든 것을 이기는 것이라서, 한껏 맞을지라도 벌써 마음이 편하다. 그것은 권투가 가진 완벽한 규칙이자 자유다. 상대 없인 불가능한 승리이기에 맞고 때리면서도 서로가 고맙다.

물론, 두 사람은 잔인한 권투보다 더 잔혹한 게 링 밖에 있음을 알기에 링에 들어왔다. 밖에는 독니를 숨긴 뱀이 따라다니고, 아무리 승수勝數를 쌓아도 승패와 무관하게 은퇴하지 못 하는 사람들이 산다. 그게 딱하다.

사람들이 흘린 억지 용기, 설움, 눈물 같은 게 물감처럼 글러브에 스며들어 서로의 몸에 도장 찍듯 붉게 박힌다. 두 사람은 코앞에서 서로의 눈동자가 흔들리는 걸 본다. 손을 조금만 뻗어도 아니, 주먹을 들고 있기만 해도 주먹이 상대의 몸에 닿을 것이다. 상대의 입에서 구멍 난 자동차 바퀴처럼 '쉭쉭' 김빠지는 소리가 난다. 하지만, 이 친밀한 거리距離에서도 상대를 양 주먹으로 못 맞힌다. 주먹의 형편을 모르는 발은 링 바닥을 쓸리듯 걷는다.

노아는 두 사람에게서 진지하면서도 진실할 수밖에 없는 인생을 느낀다. 경건함을 본다. 노아는 링 안에 있는 두 사람을 향해 자기도 모르게 두 손을 깍지 낀다. 그것은 기도하는 손이다. 어렸을 때는 아버지가 보는 권투 중계를 무

심히 지나쳤는데, 그날부터 권투는 노아에게 글, 춤, 노래,
그림이 된다.

바람은 빈 하늘에 구름을 부르고 계절을 만들었다.

* * *

제시는 엘리엇의 집에서 지내는, 매일 메리와 함께 있는,
시아버지를 생각하며 자기도 모르게 미간을 찌푸린다.

"아버님이 집에 오시면 좋겠어. 에블린도 할아버지를 찾
잖아."

에블린은 밥을 먹다가, 학교에 가다가 불현듯 할아버지
는 언제 집에 오냐며, 메리 언니와 놀고 싶다고 한다.

알렉스는 제시가 자기를 응시하는 것을 느끼며, 널려있
는 에블린의 장난감들을 말없이 상자에 주워 담는다. 제시
의 찌푸린 미간은 여전히 그대로다. 제시의 삐뚤어진 음성
은 아버지 때문이기도 하고, 메리 때문이기도 하고, 엘리엇
부부 때문이기도 할 것이다. 물론 남편, 알렉스 때문이기
도 하다. 알렉스는 복잡한 문제들을 따로 모아놓는 상자가
있으면 좋겠다고 생각한다. 알렉스는 아버지의 결정이 내

키지 않지만, 아버지에게 그렇게까지 하실 이유가 뭐냐고 따질 생각은 없다.

"세상에는 온갖 문제가 있잖아."

알렉스는 말한다.

"그래서 그것을 감당해야 하는 인생들이 세상에 오는 것이고."

노아와 메리가 교회에 나오지 않은 지 서너 달이 지났다. 노아는 집에 아무도 없을 때 잠깐, 들러서 필요한 짐을 몇 개씩 갖고 나온다. 얼마 지나지 않아서 노아는 본인의 짐을 다 옮겼다.

교인들은 두 사람에 관해 이야기할 때면 손발이 다 심란하다. 사람들은 메리를 얼마든지 도울 수 있는 길이 있을 것이라고 말하면서도 노아 외에 대안을 찾을 수 없어서 당혹스럽다. 교인들은 이 현실을 한마디로 말하긴 어렵지만, 어딘가 불의하고 구린 구석이 있다고 믿는다. 분명히 추한 그 무엇이 있다는 확신이 든다. 지금까지 우리와 함께 지냈고, 우리가 알고 있는 그 '노인네'에 관해서 그렇다. 이 문제는 지난번처럼 유명한 전문가나 목사님께 답을 구할 게 아니라고 생각한다.

"아버님이 우리를 난감하게 만들기로 작정하신 것 같아."

제시는 샤워를 끝낸 에블린의 머리를 빗기며 말한다.

"아버님은 당신이 교사였으면서도, 당신 아들과 며느리가 교사라는 것을 전혀 생각하지 않으시잖아. 교인들이 나에게 아무 말도 하지 않지만, 나는 그 사람들이 나에게 무슨 말을 하려는지 느껴져. 아무도 아버님의 안부를 묻지 않아. 엘리엇 부부에 대해서도. 하지만, 나는 그들이 하는 말이 들려."

아내는 부모를 따라 다섯 살 때 이민 왔는데 자기 부모님보다 더 한국인 같다. 한국에서 정규 교육을 받은 사람처럼 읽고, 말하고, 생각한다.

알렉스는 에블린이 갖고 놀던 장난감 중에서 여자 인형을 아이 옆에 놓는다. 제시는 알렉스를 보고 있진 않지만, 알렉스의 대답을 기다린다.

"그래도 아버지와 메리에 관한 당신의 생각이 있을 거잖아" 하는 제시의 말에 알렉스는 아무 생각도 없다고 답한다. 알렉스의 목소리는 무채색 같다. 제시는 알렉스의 우유부단한 면은 부전자전父傳子傳이라고 생각한다.

"나는 아버님 이야기가 우리 직장까지 알려질까 봐 신경이 쓰인다고. 당신은 안 그래?"

알렉스는 이미, 알려졌을 것이라고 속으로 말한다. 제시가 말하는 '우리'는 누구일까? 모르겠다.

알렉스가 '응'이라고 짧게 답하자 제시는 미간을 좁히며 말한다.

"그래도, 이건 아니라고 생각해."

그럴 것이다. 하지만, 알렉스는 이럴 때 할 수 있는 말이 떠오르지 않는다. 다윗도 늙었을 때 젊은 여자와 함께 잤다고 말하려는 혀를 간신히 눌러 앉힌다. 하지만, 그것은 사실이다.

"금요일 저녁에 엄마하고 여행을 떠나. 집에는 일요일 저녁에 올 거야."

제시는 여행에 관해서 한 번도 말하지 않았고, 알렉스도 지금 결정한 여행이냐고 묻지 않는다. 몇 주 전부터 이번 일요일에 교회에서 있을 선교 후원 바자회가 있어서 지난

주말에도 바쁘게 지낸 제시다.

에블린은 제시 곁에 누워서 자기 배를 만지며 말한다.

"엄마, 손가락으로 배꼽을 간질간질하면 똥꼬가 간지럽다."

제시는 에블린의 배를 손바닥으로 문지르며 말한다.

"너무 그러지 마. 똥꼬가 아프거나 웃을 수도 있으니까."

에블린이 눈동자를 굴리며 엄마를 바라본다. 엄마가 이런 식으로 말할 때는 엄마에게 조르지 않아야 한다는 것을 직감한다.

알렉스는 귀먹은 것처럼 에블린의 장난감을 이리저리 살피며, 아이 장난감을 어른들이 더 좋아할 것 같다고 생각한다. 제시에게 여행지에 관해서 물어봐야 하는지, 말아야 하는지 확신할 수 없다. 입을 열면 서로가 여행지와 무관한 말을 이어갈 것이기 때문이다.

에블린이 제시에게 졸린다고 한다. 제시는 에블린을 무릎에 뉘며 작게 말한다.

"아버님이 메리 때문에 우리를 더 난처하게 만들지 않았으면 좋겠어."

정확하게는 메리가 아니라 아버지가 난처하게 만드는 것이겠지, 하고 알렉스는 생각한다.

알렉스는 천천히 일어나서 화장실로 들어간다. 양손으로 물을 퍼 올리자 손가락 사이로 물이 빠져나간다. 더, 난처할 게 무엇일까. 그런 게 있을까?

거울을 보자 아버지의 목소리가 들린다. '네 머리 모양이 그게 뭐냐. 이 돈으로 머리도 손 보고, 책도 사서 읽어라.' 그날은 아무렇지도 않은 어느 날이었다. 알렉스의 머리 모양은 늘 그랬고, 직장도 잘 다니고 있었다. 아이 키우고 바쁘게 직장 생활하는 게 딱하게 보였던 것일까.

제시는 통화 중이다. 장모님일 것이다. 알렉스는 잠든 에블린을 침대에 뉘고 이불을 덮어 준다.

* * *

제시는 엄마하고 여행하면서 시아버지 이야기를 꺼내지 않겠다고 결심했다. 하지만, 그 결심은 엄마의 말 한마디에 흔적도 없이 부서진다.

"시어머니도 없으신데 에블린 할아버지는 어떠시냐?"

제시는 엄마의 말에 자기도 모르게 답한다. "따로 살아야 할까 봐."

제시 엄마는 눈을 동그랗게 뜨며 속삭이듯 말한다.

"그게 무슨 말이야?"

엄마는 말이 커지고, 일이 커지는 것을 원치 않는다.

제시는 엄마에게 시아버지와 메리에 대해 말하지 않는다. 엄마는 벌써 그 이야기를 알고 있을 것이기 때문이다. 이 세상은 그렇게나 개인적인 사람들이 모인 곳인데도 소문 없인 단, 일 초도 유지될 수 없는 곳이다.

제시의 엄마가 들은 소문은 이렇다. 누군가는 문제의 두 사람이 광장 옆에 있는 공원에서 입맞춤하는 것을 보았다 했고, 누군가는 노아가 메리의 엉덩이를 주무르며 걸었다고 했다. 제시는 천장을 보며 한숨을 내쉰다.

두 사람에 관해서 아무리 좋게 말해도 늙은 남자와 젊은 여자의 동거다. 어느 쪽에 어떤 문제가 있든, 두 사람은 부부처럼 보인다, 아니, '살림을 냈다'고 말하는 게 더 정확할 것이다. 아니라고 할 수도 없다. 제시는 어려서부터 다닌 교회인데도 더는 교회에 가고 싶지 않다.

에블린은 어느 날부터 엄마에게 할아버지에 관해 묻지 않는다. 에블린은 날마다 키와 생각이 자랐다. 머리에서 땀 냄새가 날 때까지 뛰어놀았는데, 남자애들하고 노는 것을 더 좋아했다. 때로는 남자애들이 에블린보다 빨리 지쳤고, 자기 장난감을 에블린에게 선물하는 남자애들도 있다. 에블린이 내놓은 빨래와 옷가지가 많아진다. 에블린은 머리카락을 길게 땋은 인형을 들고 메리와 할아버지를 생각한다. 할아버지 손을 잡고 군것질하고 싶다. 함께 놀 친구가 없어서 심심하다. 남자애들은 시시하다.

＊＊＊

뭉게구름이 가득한 하늘에서 햇볕은 투명하고 강렬하다. 구름 사이로 쏘아진 햇볕이 집중 조명처럼 먼 곳의 숲에 떨어지자 녹음綠陰이 이중으로 겹치며 초록 잎들이 번들거린다. 플라스틱 조각 같다. 황금색 저녁노을이 켜질 때까지 메리는 사방으로 휘날리는 바닷바람 속에서 모래사장을 뛰어다닌다. 조개를 찾았다며 손뼉을 친다. 조개를 많이 잡아서 에블린에게 가져다주겠다며 노아에게도 조개를 함께 모으자고 한다. 두 사람은 쪼그려 앉아 있다가 엉덩이가 바닷물에 젖는다.

창문에 드리워진 호텔의 커튼은 생각보다 두껍고 무겁다. 호텔에는 손님이 많을 텐데도 섬처럼 고요하다. 메리는 평소보다 일찍 잠이 들었다.

노아는 빨갛고 노란 불빛들, 직사각형 형태의 건물들이 이어진 풍경을 보다가 핸드폰을 꺼낸다. 온종일 어디에서도 전화가 오지 않는다. 노아는 핸드폰에서 손녀의 사진을 보다가 불현듯 눈물이 난다. 누가 보지도 않고, 감추고 싶지도 않은 어색한 눈물이다. 손녀의 얼굴에서 아들, 며느리, 아내의 얼굴이 떠오르고 그들에게 큰소리쳤던 일, 방문을 크게 닫았던 일들이 기억난다. 그래서 흘린 눈물일 것이다.

"아들아, 친구를 돕는 일은 가장 큰 즐거움이며 소중한 의무란다. 그런 게 우정이고."

노아는 알렉스에게 우정을 지키며 정직하게 살아야 한다고 가르쳤다. 떳떳한 아버지가 되고 싶어서 매사에 신중했던 때다. 알렉스는 중학교 3학년이 되자 아빠와 대화하는 것을 피하는 것 같았다. 교회에도 함께 가지 않았는데 어느 날, 노아는 아들의 책상 위에 있는 노트에서 아들이 쓴 글을 발견한다.

'아빠 말대로 하나님께 상을 받으려거나 벌을 피하려고 착한 일을 해야 한다면, 그건 착한 일이 아닌 것 같다. 그건 그냥, 숙제하는 것이다. 내가 좋아서 하는 일인인데도 남들이 나를 칭찬한다. 나는 그런 게 마음에 안 든다. 내 친구를 내가 챙기는 것은 당연하니까.'

볼펜과 연필이 흩어져 있는 아들의 책상 한쪽에는 나무로 만든 사각형 필통이 놓여 있다.

* * *

노아는 녹색 책을 처음 읽는 순간, 정확히 말하면 그 책을 처음 보았을 때, 친구가 자기에게 남긴 일기 같았다. 초등학교 때 사귀었는데 오랫동안 잊고 지낸, 신기하게도 지금 그 얼굴이 선명하게 떠오르는, 친구가 자기 일기를 보내온 것이다. 이 친밀함의 이유를 아무리 짐작해도 모르겠다. 친구의 얼굴은 알겠는데 이름은 기억나지 않는다. 노

아는 이름의 단서를 찾기 위함인지 녹색 책을 펼치고 디지

털카메라로 찍는다.

마리아의 편지 1

　요셉, 당신에게 이런 소식을 전하게 되어서 정말 미안해요. 저는 당신이 얼마나 성실한지 그리고 얼마나 소박한 꿈을 가졌는지 잘 알고 있어요. 당신을 바라보며 눈目으로라도 이야기할 수 있다면 얼마나 좋을까요.

　저는 당신에 대해서 잘 알고 있답니다. 그것도 당신이 생각하는 것보다도 훨씬 더 많이요. 우리의 약혼식 때, 얼굴을 가리는 여자들의 복장 때문에 당신은 제 눈만 보았겠지만, 저는 당신을 평소에도 주의 깊게 살펴보곤 했어요. 그것도 당신이 생각하는 것보다 훨씬 더 가까이에서요. 시장에서, 우물가에서, 당신이 일하는 곳에서도 저는 당신을 보았어요. 말 그대로 자유롭

게.

　우연히 당신을 시장에서 보게 되면 저는 당신의 뒤를 따라가서 당신이 무엇을 사는지, 어느 집을 단골로 하는지 살펴보곤 했어요. 당신은 얼굴을 가린 여자들이 당신과 같은 가게에 들어간다고 여겼겠지만, 사실은 저와 제 친척들이었죠. 그때 저는 당신의 발을 가볍게 밟거나 당신의 옷을 슬쩍 뒤로 잡아당기는 장난을 했어요. 그러면 당신은 가볍게 미소 지으며 뒤로 물러서거나, 주위를 둘러보곤 했죠. 그것이 당신의 난처함을 가리려고 하는 행동이었다는 것을 잘 알아요. 지난주에도 당신은 당신의 친구와 제 앞을 지나가며 그런 이야기를 했죠. 여자는 어떠해야 하고, 아이들은 어떻게 키워야 하는지에 관한 그런 내용이었어요.

　저는 우물에 물 길으러 가거나 당신이 일하는 곳을 지날 때 당신의 등과 옆모습을 보아요. 당신의 구멍 난 바지와 겉옷을 볼 때마다 저 자신에게 실소를 감출 수 없었어요. 가끔은 당신 앞에 앉아서 당신의 옷을 수선하며, 우리 아이들의 옷을 만드는 상상을 하곤 하니까요. 제 바느질 솜씨가 나쁘지 않거든요.

그런데 요셉, 저는 지금까지 한 번도 우리를 향한 주님의 사랑을 의심한 적이 없었는데 지금은 그렇지 못하답니다. 그분이 우리에게 행복을 주려는지, 고통을 주려는지 저는 그것을 도무지 알 수 없어요.

당신도 아는 것처럼 여자가 아이를 갖는 것은 대단한 일이고 정말로 중요한 일이에요. 그것은 여자의 인생을 좌우할 뿐만 아니라 여자의 거룩한 의무니까요.

요셉, 여자가 어떻게 해야 아이를 갖게 되는지 제가 모른다고 생각하진 않으시겠죠. 그런 지식이 있어서 문제가 된 것일까요. 요셉, 저에게 태기가 있답니다. 이 말에 당신은 매우 놀라겠죠. 하지만, 저의 놀람에 비교할 수 있을까요. 요셉, 주님의 이름으로 맹세컨대 저는 아이를 가질만한 행동을 한 적이 없답니다. 당신 이외의 그 어떤 남자를 흠모한 일도 없었고요.

그런데 어떻게 아이를 가졌냐고요? 어디에서부터 어떻게 설명해야 할는지 정말 모르겠어요. 그것은 여느 날과 다름없는 날에 있었던 일이에요. 그는 자신을 가브리엘하나님의 사람이라고 했어요. 그는 저에게 '은혜를 받은 자여 평안할지어다. 주께서 너와 함께하시도다' 했어요. 저는 무엇인가 심상치 않은 일이 벌어지고 있다는 것을 단박에 짐작할 수 있었어요.

그는 저에게 무서워 말라며, 제가 하나님께 은혜를 얻었다고 했어요. 그 말이 어떤 뜻인지 당신도 잘 아시겠죠. 그것은 특별한 사람에게만 있을 수 있는 일이니까요.

그는 어찌할 줄 모르는 저에게 말했어요. 잉태하여 아들을 낳으면 그 이름을 '예수'로 지으라는 거예요. 제 아들이 큰 자가 되고 지극히 높으신 이의 아들이라고 불릴 것이라고도 했어요. 저는 그 말을 들으면서 그가 당신과 저의 결혼을 조금 더 특별하게 축복하기 위해서 온 것으로 생각했죠.

그런데 그는 뜬금없는 말을 했어요. 주님께서 다윗의 왕위를 우리 아들에게 주실 거라고요. 그는 또 단호하게 말했어요. 제 아들이 영원히 야곱의 집을 왕으로 다스리실 것이며, 그 나라가 무궁할 거라고요. 저는 그 말을 듣는 순간 기절하는 줄 알았어요. 로마가 우리를 다스리는데 다윗의 왕위라니요. 그건 정말, 말도 안 되는 소리잖아요. 무슨 일이 일어나고 있는 거죠. 요셉, 제가 대체 뭘 어떻게 할까요?

잠시 뒤에 이런 일은 흔치 않다는 것을 퍼뜩 깨달았어요. 제가 아무리 꿈 많은 신부일지라도 당신과 제 신분이 왕이 될 만한 아이를 낳을 수 없다는 것을 잘 알고 있으니까요. 제가 다윗의 가문을 이을만한 남자와 약혼한 것도 아니고요.

요셉, 저의 이런 말로 화를 내지는 않으시겠죠. 제가 당신을 무시하는 게 아니에요. 제 약혼자가 누구인지 알며, 꿈과 허망한 생각을 구별 못 할 정도로 어리석은 여자는 아니니까요.

아무튼, 저는 우리가 결혼하면 아들을 낳겠거니 생각했죠. 지금은 아무리 생각해도 그의 얼굴이 떠오르지 않네요. 이상하죠. 그런데도 그는 아이가 지금 들어선다고 했어요. 그것은 믿을 수 없고 있을 수 없는 일이죠. 있어서도 안 되고.

그는 제 말을 기다렸다는 듯이 친척 엘리사벳 언니
도 아들을 배었다고 했어요. 언니는 임신하지 못한다
고 오래전부터 알고 있는데 벌써, 여섯 달이나 되었다
며. 가브리엘은 언니의 죽은 태에서 아이가 자란 것과
남자를 모르는 제가 아이를 갖는 게 다르지 않다는
거예요. 마치 주님이 만물을 창조하셨을 때처럼 말이
지요.

요셉, 제가 얼마나 당황하고 있는지 느껴지세요?
그는 제 몸에서 태어날 아이가 '하나님의 아들,' '큰 자,'
'지극히 높으신 이의 아들'이라고 했어요. 그즈음 저
는 그의 말이 귀에 하나도 들어오지 않았어요. 정신없
는 자들이 거리에서 떠드는 것처럼 느껴졌으니까요.

요셉, 저는 지금 놀랄 힘도, 곰곰이 생각할 힘도 없
어요. 가브리엘이 다녀간 뒤에 태기를 느꼈으니까요.
네, 그래요. 제 안에서 아이가 날마다 자라고 있으니
까요.

주님이 전지전능한 분이란 사실을 모두가 알아요.
그런데 주님이 저에게 이 모든 것을 행하셨다고 할 때

사람들이 어떤 반응을 보일는지 걱정하지 않을 수 없어요. 이 모든 것이 제가 믿음이 없고, 사람들의 믿음을 의심하기 때문일까요. 이런 식으로 그분의 능력을 체험하는 것은 감당하기 어려운 일이에요. 저는 정말로 정직하답니다.

요셉, 무엇보다도 제 가슴을 무겁게 만드는 것은 당신이 가질 저에 대한 마음이랍니다. 당신이 저에게 일어난 이 일 때문에 낙심하게 된다면 저는 그 슬픔을 견딜 수 없을 것 같아요. 물론 저에게 일어난 일이 감기에 걸린 것처럼 사소한 것은 아니지만요.

요셉, 제가 비록 가브리엘에게 '주의 여종이오니 말씀대로 내게 이루어지이다' 했지만, 앞으로 저는 어떻게 살아야 할까요? 당신의 여자가 되고, 당신 아이들의 엄마가 되려고 했는데 지금은 그럴 수 없을 것 같네요. 불러오는 배와 태어난 아이를 숨길 수 없는 여자의 운명이 이처럼 무거울 것이라고는 한 번도 생각하지 않았어요. 벌써 이 작은 아이가 저를 주장하는 인생이 되어버렸어요. 요셉.

요셉, 당신에게만 이 이야기를 할 수 있네요. 비록 당신이 저를 의심할지라도 제 말을 끝까지 다 들어 줄 수 있는 유일한 사람이란 생각을 했거든요. 요셉, 당신이 허락한다면 다시 편지하겠어요.

* * *

노아는 마리아의 편지를 반복하여 읽었다.

마리아는 자기도 모르게 들어선 아이가 배에서 자라는 것을 숨길 수 없었을 것이다. 마리아의 가족도 이 일에 당황했을 것이다. 마리아의 행적을 다 알기에 더욱 난감했을 것이다.

거지가 왕자 흉내를 내고, 왕자가 거지 흉내를 내며 세상을 속이는 것은 가능할지라도 뱃속에서 크는 아이를 숨길 방법은 없다. 내 몸을 숨길 수 있다면 그게 가능하겠지만, 마리아는 숨길 수 없어서 놀라고 두려웠을 것이다. 내 몸이고, 내가 원하는데도 나를 감출 수 없어서 절망하는 가운데, 아이와 요셉을 생각하며 편지했을 것이다. 모두를 살릴 수 있는 길은 없는 걸까.

유다의 편지 1

내 며느리가 임신했다는 소식을 들었어. 태態가 난다고 하니 출산이 멀지 않은 것 같아. 그 소식은 틀림이 없을 거야. 내 아들들과 마을의 아이를 받은 산파의 말이니까. 며느리의 남편, 그러니까 내 아들들이 수년 전에 죽은 것을 자네도 알지 않나.

번거롭겠지만 자네가 나 대신 수고 좀 해주었으면 해. 며느리의 문제에 대해서 내가 직접 나서는 게 내키지 않아서 그러네.

며느리 소식을 듣자마자 죽은 아들들에게 미안한 마음이 들어서 집에 있는 술을 전부 마셨어. 내가 걔를 며느리로 삼지만 않았다면 두 아들이 멀쩡히 살아 있을 텐데 하는 마음에 가슴을 치고 또 쳤지. 며느리는 악한 영靈이 들린 게 틀림없어. 두 아들을 잡아 먹었으니까. 며느리는 머지않아 내 셋째 아들과 합방하기로 되어있는데도, 어떻게 그 태에 음란한 씨앗을 품을 생각을 할 수 있는지 나는 상상도 못 하겠어.

나는 전통을 존중하는 사람이야. 며느리와 결혼한 내 첫째 아들이 자식도 없이 죽었을 때 나는 며느리를 불쌍히 여겼어. 젊은 여자에게 그처럼 불행한 일이 세상 어디에 또 있겠나. 나는 진심으로 그녀를 위로하고 전통을 따라서 둘째 아들을 그녀와 합방시켰네. 그렇게 해서 아들을 낳으면 그 아들은 죽은 놈, 첫째의 뒤를 이을 것이라는 기대가 있었고.

그런데 알다시피 주님은 우리 가족을 미워하고 저주하기로 작정하셨지. 둘째 아들도 데려가셨으니까, 내겐 비통 그 자체였다네. 자식을 먼저 보낸 부모가 사람들 앞에서 슬픔을 말한들 눈물이 줄어들까.

아내가 집에서 아들들의 이름을 부르며 우는데 나까지 그럴 수 없어서 나는 해가 뜨기도 전에 양들을 몰고 집을 나섰고, 여러 날을 광야에서 머물기도 했어. 양을 치려고 한 게 아니라 나도 마음껏 울려고 그랬지. 그런데 막상 눈물도 안 나오더라고. 가끔 들리는 늑대나 들짐승의 울음소리가 반갑더라고. 그래 와라, 어서 와서 나를 잡아먹어라, 했어. 두 아들을 잃은 아비의 마음을 세상 어느 누가 짐작조차 할 수 있을까. 나 같은 사람에게는 삶의 기쁨이란 게 있을 수 없지.

얼마간 낮에는 해를 피한답시고 얼굴을 가린 채 울었고, 밤이면 달과 별빛을 받으며 눈물을 흘렸어. 두 눈이 짓물러서 빠지면 빠지라고 했지. 그런데 그런 일 없이 별과 달이 더 잘 보이고, 바람 소리와 풀벌레의 발걸음 소리까지 들리더라고.

나는 며느리를 친정으로 돌려보냈지. 셋째가 어렸으니까. 며느리에게는 친정에서 쉬며 네 마음이 다시 힘을 얻을 때까지 기다리는 게 좋겠다고 했어. 며느리의 절망과 고통을 짐작 못 하는 시아버지는 아니니까.

그런데 지금 며느리가 어떤 놈의 씨앗을 품고 있다는 말을 듣자마자 깊이 눌러놓은 슬픔이 단박에 분노로 변하고, 온몸이 떨리는 거야. 운명은 두 아들을 잃은 아버지에게 어떻게 이럴 수 있을까 싶었어. 셋째 아들을 악령이 짓든 여자와 합방시키지 않은 게 얼마나 다행스러운 일인지 모르겠네.

자네는 며느리에게 가까이 간 남자가 없을 것이라고 했잖아. 물론 자네가 꼼꼼하게 살펴봤으니까 틀림이 없을 거야. 그런데 여자가 남자 없이 어떻게 아이를 가질 수 있나? 그건 불가능하잖아. 엊그제는 며느리의 부모가 나에게 며느리의 정숙함을 호소하긴 했어. 하지만 뱃속 아이는 며느리의 음란함을 증명하기에 충분하고도 넘치지. 이건 눈물에 눈물로 호소해도 풀어질 수 없는 일이지 않은가.

어젯밤에는 며느리의 가족들도 내 뜻대로 하라고 알려왔어. 다들 며느리의 높아가는 배를 보며 수군거리는데, 며느리 가족이나 나도 더는 이 일을 모른 척하고 있을 수 없게 되었어. 사람들은 시아버지 유다가 이 일을 어떻게 하는지 보고 싶어 하고. 잔인한 사람들이지.

그래서 나는 오늘 사람을 보냈다네. 며느리를 불에 태우라고. 그것이 우리 중에 있는 악한 일을 확실하게 끝낼 수 있는 길이라고 확신하면서. 찬양을 뜻하는 유다라는 이름에 어울리지 않는 이 모습, 가족이 가족을 죽이는 이런 저주를 끊어달라고 나는 주님께 그 어느 때보다도 간절하게 기도했어. 주님은 왜 이렇게도 잔혹하고도 무섭게 나를 대하시는지. 기도하고 또 기도해도 모르겠더라고. 응답도 없고. 헛소리처럼 들리겠지만, 이 모든 불행이 일어나기 전에 내가 죽는 게 나았을 거야.

* * *

농부에게 곡식을 거두는 일이 중요하다면, 양을 키우는 사람에게는 양털을 깎는 게 중요하다. 이때를 위해서 양치기들은 바위를 푸석하게 삭이는 열기, 머릿속을 찌를듯한 냉기를 들판에서 수없이 겪어낸다. 유다는 그 추수를 위해 양들 틈에 서 있다.

몇 해 전, 유다가 아들들을 잃고 고통과 슬픔 속에 있을 때 창조주는 침묵했고, 사람들은 입을 열지 못했다. 그리고 유다의 비극은 쉽게 물러서지 않았다. 어렵사리 마음을 다잡고 있을 때 유다의 아내가 비통悲痛한 마음을 품고 죽었기 때문이다. 결코, 이래서는 안 되는 일이었다. 유다는 세상의 불행을 홀로 감당하는 순교자 같았으나 그 누구도 유다의 불행에 감염되길 원치 않았다.

빛을 피해 숨으려는 유다를 친구가 끌어냈다. '자네가 그러면 저, 양들은 어쩌란 말인가. 때를 놓치면 양까지 잃게 될 걸세.' 양과 함께 자란 사람이 양을 그렇게 죽일 순 없었다.

양 틈에서 유다의 마음이 양들의 울음소리를 따라 자기도 모르게 춤춘다. 양털 깎는 것을 지켜보며 유다는 먹고 마신다. 마을 가까운 공터에서 털을 깎고, 일이 끝나면 포도주, 양고기, 빵, 꿀, 식초, 올리브기름을 갑절이나 일꾼들에게 내놓는다. 살아 있는 자들만 맛볼 수 있는 자기 몫의 쾌락에 한껏 취한다.

내일이면 양털 깎는 게 끝날 것이다. 양치기들이 유다에게 말한다.

"오늘 밤에는 우리가 양을 지키겠습니다. 그러니까 들어가서 냉기와 바람을 피해서 좀 쉬는 게 어떻겠습니까?"

유다는 웃으면서 그렇게 하겠다고, 고맙다고 한다.

매년, 추수 때마다 일꾼들을 위해 임시 거처로 삼은 집이 있다. 숙소로 가는 길에는 아무도 보이지 않는다. 매우 익숙한 쓸쓸함과 침묵이 숙소에서 유다를 기다린다. 술기운으로 돌이 발끝에 걸리는 바람에 문득, 고개를 들어 앞을 보는 유다의 눈에 검은 물체가 보인다. 머리부터 발끝까지 온몸을 검은 천으로 가린 사람은 여자다. 그녀는 유다 쪽으로 고개를 돌리지 않고 있지만, 멀리에서부터 유다를 보고 있다. 이 시간에 홀로 길에 나와 있는 여자라면 목적이 분명할 것이다. 사람들은 모두 집으로 들어갔고, 이 길에는 유다 외에 아무도 없다. 유다가 다시 앞뒤를 돌아본다.

유다가 여자 앞에서 걸음을 멈출 때까지 여자는 꼼짝도 하지 않는다. 낯선 남자를 마주하고도 여자는 태연하다. 유다는 평소와 달리 여자에게 호기심이 생긴다.

"나를 그대의 집으로 인도할 것인가?"

여자는 말없이 고개를 끄덕인다. "지금 주머니에는 돈이 없고, 양羊은 얼마든지 줄 수 있어도 양을 주머니에 넣고 다니지 않으니, 이를 어쩌나.” 유다는 여인의 반응이 궁금하다.

그녀는 손가락으로 유다가 허리춤에 두르고 있는 도장과 지팡이를 가리킨다. 내키지 않는 흥정이다. 신분도 모르는 여자에게 도장을 맡기는 것은 가당치 않은 일이다. 하지만, 오늘은 특별한 날이고, 내일 일찍 도장을 찾으러 사람을 보내면 될 것이다.

“지혜롭구나. 담보물을 잡겠단 말이지. 그러면 내가 특별한 마음으로 내일 염소 새끼를 주겠으니, 그때 내 것을 나에게 보내라. 도장은 도장 끈과 함께 맡기겠다.”

여자는 고개를 끄덕이고는 앞서 길을 걷는다. 돌아보지도 않는다. 여자는 낯선 사람을 대할 때 갖는 경계심 같은 게 없는 것 같다. 유다는 괜스레 기분이 좋다. 낮은 돌담과 불쑥 지나는 먼지바람, 어둡기 전에 잠깐 보이는 짙푸른 하늘빛이 어제와 다르다.

여자를 따라 들어간 집의 입구에는 작은 등불 하나만 켜져 있다. 집 안은 어둠에 눌린 바깥보다도 어두웠고, 여자는 말 못 하는 사람처럼 말없이 유다의 손을 잡아 집안으로 이끈다. 따뜻한 손이다. 한동안 모르고 지낸 고운 손결을 지닌 여자는 숨소리도 작다. 그녀는 유다를 침상에 앉히고는 따뜻한 젖을 내온다.

잠깐 잠에 빠졌던 유다가 옆을 더듬었을 때 그녀는 자리에 없다. 알지도 못하는 이름을 소리쳐 부를 수도 없다.

다음날, 유다는 돌아오자마자 사람을 통해 염소 새끼 중에 좋은 것을 골라서 보낸다. 그런데 심부름하러 갔던 사람이 이내 돌아와서 말한다. 그 집에는 유다가 찾는 사람이 없다고. 틀림없이 그 집을 찾아갔냐고 묻는 유다의 말에 그는 유다가 자기 입에 넣어준 말語을 그대로 반복한다.

하룻밤 사이에 멀쩡한 도장을 잃어버린 유다는 낭패狼狽스럽다. 그 뒤로 일주일, 한 달이 지나도록 도장을 갖고 오는 사람도 없고, 어디에선가 유다의 도장으로 계약했다는 소문도 들리지 않는다. 도장에 관한 소식을 기다린 지 대여섯 달이 지났다. 유다는 새로운 도장을 만들기로 한다.

유다의 편지 2

한동안 연락할 수 없었네. 그날 이후 내가 사람들을 피할 수밖에 없었던 이유를 자네도 잘 알 거야. 그래, 며느리가 가진 아이는 내 씨앗일세.

그날, 내 허리춤에 있어야 할 도장과 도장 끈이 낯선 사람의 손에 들려있는 것을 본 내 얼굴을 자네가 보았다면, 자네는 두고두고 나를 놀렸겠지.

그것을 갖고 온 사람은 저만치에서 손을 펴고 그것을 높이 들어 보였어. 그는 나와 눈을 마주치지 않으려고 했어. 내 눈을 똑바로 보면서 이것이 당신 것 아니냐고 물을 수 없었던 거야. 서로가 잘 알고 있으니까 자기 눈빛을 숨긴 채 내 도장, 내 허리띠에만 눈길을 두려고 했지.

아, 그 순간 나는 벌거숭이 어린아이였다네. 참 이상하지. 나도 모르게 눈물이 흐르며 막혔던 숨을 쉴 수 있었다네.

친구가 나를 어떻게 생각할는지 알 수 없네만, 나는 며느리가 가진 아이의 아버지이자 시아버지일세. 우리 동네에서 이 사실을 모르는 사람은 없을 거야. 동네의 털 빠진 개들도 알아차렸고.

아무튼, 며느리가 아이를 낳으면 그 애는 자기 아비의 몫뿐만 아니라 내 전부를 갖게 될 거야. 그 아이는 다음 달이면 세상에 나온다네. 나는 주님이 주신 이 사건이 내 인생에 복인지, 화禍인지 모르면서도 군말 없이 받아들이고 살아야겠지.

모를 일이야. 내가 이것저것 꼼꼼하게 살피며 인생을 사는데도 내가 결정한 게 하나도 없는 것 같으니 말이야.

* * *

노아는 녹색 책의 저자가 궁금했다. '캠벨' 그 무엇이라

했는데 표지 사진을 찍은 게 없다.

노아는 유다의 며느리를 생각한다. 그녀는 자기에게서 풍기는 죽음의 냄새를 어찌할 수 없었을 것이다. 사람들은 그녀의 이름을 수치스럽게 여겼고, 그녀를 우물에서 마주치기라도 하면 끔찍하다는 눈빛으로 훑어본다. 동네 여자들은 그녀를 손가락으로 가리켜 남자를 둘이나 잡아먹은 여자야, 하고 죽음의 냄새를 확인한다. 자기들에게 그 냄새가 밸까 봐 아무도 그녀와 가까이하지 않는다. 시아버지가 쫓아냈다잖아. 날마다 여기저기에서 수시로 수군수군하는 연기가 피어오른다.

그녀에게서 풍기는 이 냄새는 옷을 정수리에서 발끝까지 뒤집어써도 감출 수 없다. 사람들은 이런 냄새를 두려워하고 피하려 하면서도 기필코 찾아낸다. 두 남자의 죽음이 그녀와 무관할지라도 그녀는 감옥이 아닌 곳에서 형벌을 받는다.

이렇게 살 수 없다고 생각한 그녀는 자기 몸에서 죽음의 냄새를 지우기로 작정한다. 어렵지 않고, 간단한 일이다. 한 번에 일이 이루어지길 바랄 뿐이다. 아이를 잉태하는 순간, 죽음의 냄새는 사라질 것이기 때문이다. 생명이 자라는 몸을 죽었다고 말할 사람은 아무도 없겠지. 그녀는 이 일을 위해 모험을 한다. 모험은 망설임을 떨치는 행위다. 그래서 배가 높아지고, 높은 배가 사람들에게 알려지게 했을 것이다.

요셉의 편지

벗이여, 나에게 문제가 생겼다네. 벌써 열흘이 지났네. 망치에 맞아서 멍든 엄지손톱의 멍이 더욱 선명해지는 것 같으니 모를 일이지. 망치에 맞는 순간 머릿속에서 '쩡' 하는 소리가 울린 것 같았네. 나는 손가락이 떨어져 나가도록 흔들어 댈 수밖에 없었네. 다른 멀쩡한 손으로 망치에 찧은 손가락을 부여잡을 엄두도 내지 못했네.

손톱의 검은 멍을 보니까 한 달 전에 주춧돌을 놓다 발가락이 뭉개진 어린 동료가 떠올랐다네. 우리가 하는 일이 때로 돌을 쪼고 때로 나무를 켜는 것 아닌가. 아무튼, 그때 그 친구는 흙먼지에 버무려져서 반은 빨갛고 반은 하얀 발가락을 두 손으로 꽉 누른 채 소리 없는 눈물을 뚝뚝 떨어뜨렸었네. 생각해 보면, 그 하얀색은 단순히 하얀 돌가루 때문은 아니었던 것 같으이. 그런 사고가 자주 있는 일은 아니지만, 알고도 당하는 일이기 때문에 덜 아픈 경우는 단 한 번도 없다네. 설령 비명을 지르지 않을지라도 말이지.

문제가 있다고 하고는 딴소리만 해댔네. 이해해 주시게. 내 마음이 순탄치 않아서 그러는 것이니. 그때 그러니까 내 망치로 내 손을 찧던 전날 밤에 나는 한 소식을 들었네. 이것은 내가 가장 소중하게 여기는 것과 관계있네. 그렇다네, 자네가 짐작하는 것처럼, 바로 그 소식, 그녀에 관한 이야기네. 그녀는 내 약혼자고 올가을 추수 축제 때 결혼할 예정이지. 그런데 문제가 생겼네. 그녀가 매파를 통해서 자기의 임신 사실을 전해 왔네. 매파는 정말 조심스럽게 그 말을 전해 왔지. 나는 그녀의 조심성에 대해서만큼은 앞으로도 내내 고마워할 것 같다네. 결혼식도 없는 약혼자의 임신이라니.

벗이여, 나를 경솔하다 비웃지 말고, 이 글을 끝까

지 읽어주었으면 좋겠네. 이 말은 차마 내 가족에게도 하지 못할 말이지 않은가.

남녀의 일이 그렇고 그런 것이라고 할지라도 이 일은 전혀 그렇지 않다네. 그녀의 임신은 생각보다 문제가 복잡하네. 이 일은 단순히 나와 그녀가 사람들의 비웃음을 두고두고 받아야 하는 것을 뜻하지 않는다네. 솔직히 말해서, 나는 그녀의 임신에 대하여 아는 게 하나도 없다네. 이런 어처구니없는 일이 또 있을까 싶지. 나에게 참으로 가혹한 운명이지 않은가. 주여, 나에게 은총을!

아무튼, 나는 그 일을 모른다, 맹세컨대 내가 한 짓이 아니라고 할지라도 사람들은 내가 그랬다고 생각하겠지. 그런데 문제는 그녀가 나에게 이 사실을 '정확하게' 설명하지 않는다는 것일세. 나는 그녀를 지켜보았기 때문에 그녀가 나쁜 여자가 아니라는 것만큼은 확신할 수 있네. 하지만, 그녀는 나쁜 여자가 아닐지라도, 그녀의 좋지 않은 상황을 해결할 수 있는 길이 나에겐 없네. 그래서 나는 그 소식을 듣고도 그녀를 만나볼 생각조차 못 한다네.

지금은 그녀의 임신에 대해서 이런저런 상상을 하는 것만으로도 내가 그녀를 불행하게 만드는 것 같아서 이제는 그녀의 이름을 떠올리는 것조차 고통스럽다네. 그녀가 임신 사실을 나에게 알린 것을 보면 그녀는 정말로 미안해하고 있는 것 같으니. 그래서 더욱 안타깝지. 그녀는 순한 여자이고 나는 그녀를 불행하게 만들고 싶지 않으니까.

내가 사람들 앞에서 그녀의 임신에 대해서 모른다고 하면 아마도 그녀는 죽게 되겠지. 아버지 없는 아이를 밴 여자라며 창녀 취급을 받게 될 것이고, 그녀의 가족들은 크나큰 수치를 받았다고 여기겠지. 결국, 그녀는 집에서 쫓겨나게 될 것이고 마을에서 추방될 것일세. 품행이 나쁘다고 알려진 여자를 환영하는 곳은 세상 어디에도 없으니까, 그녀는 광야에서 쓸쓸하게 죽어갈지도 모르지. 오! 주님. 더 나쁜 상상은 하지 않겠네. 그것이 우리가 알고 있는 전통이며 율법 아닌가. 아무튼, 나 같은 사람들은 이런 일을 해결하는 것이

어수룩하니 이 일을 어떻게 해야 할 것인지 난감하기 그지없다네.

벗, 어쩌면 나는 이 편지를 부치지 못할 것 같기도 하네. 지금은 그렇다네. 물론 우리의 우정을 의심하기 때문은 아니네. 그녀의 말 못 할 형편을 정확히 알기 전까지는 나 또한, 이 문제를 누군가에게 이야기할 수 없다고 생각하기 때문일세. 그녀에 관한 이야기가 사람들에게 알려지는 것을 원치 않기 때문이기도 하고, 내가 아무리 길게 말할지라도 나는 이 약혼을 파破할 수밖에 없을 걸세. 다음에 또 편지함세. 그때는 내 편지를 벗에게 부칠 용기가 생길는지도 모르겠네.

우리의 주님이 늘 함께 하시길 기도하며.

마리아의 편지 2

요셉, 어제는 당신의 얼굴을 떠올리려다가 한참이
나 가만히 앉아 있었어요. 갈수록 당신의 얼굴을 떠올
리는 게 어려워지고 있어요. 당신 얼굴을 그리려고 했
더니 손이 도무지 움직일 생각을 안 해서 내 손을 내리
치고 싶었어요. 물론 그러진 않았어요. 당신의 따뜻한
눈매, 반듯한 콧대, 정직해 보이는 입술 선을 잘 그리
고 싶은 마음 때문이었겠죠.

그래도 가만히 당신을 그리려고 하니까 우리 큰아
들, 고상한 아들, 예수의 얼굴을 그리고 있는 거예요.
지우고 다시 그려놓고 보니까 동생 야고보의 얼굴이
었어요.

그것도 아니어서 다시 그렸는데 가만히 보니까 아

들들의 얼굴을 하나씩 그리고 지우고, 그리고 지우고 하는 어미였네요. 아무튼, 어떤 얼굴도 당신이 아니었어요. 이러다가 당신을 몰라보는 건 아닌가 싶어요.

생각해 봤어요. 나는 당신을 안다고 하는데 당신이 웃을 때 눈은 어떤 모양이고, 말할 때 입술은 어떠했는지를 하나도 기억할 수 없는 거예요. 아, 그 심정을 뭐라고 말이라도 할 수 있다면 덜 속상할 텐데 말이에요. 당신을 붙잡아 내 앞에 털썩 앉히고 싶었어요. 불가능한 일이죠. 그것은 정말로 슬프기 그지없는 일이었답니다.

당신이 없는데도 아이들이 잘 자라주어서 얼마나 다행인지 몰라요. 아이들이 아빠의 도움이 필요할 때 힘들긴 했겠지만, 때에 맞게 당신 친구들과 친척들이 잘 해주었어요.

무엇보다도 당신이 자랑스러워하는 아들 예수가 동생들을 잘 보살폈어요. 당신도 알다시피 예수는 특별한 아들이잖아요. 열두 살 때 예수를 데리고 예루살렘에 갔을 때를 생각하면 지금도 그때의 통쾌한 기분 때문에 눈을 감고 소리 없이 웃게 돼요. 당신도 알다시피 예수는 예루살렘의 율법 선생들과 이야기하는 것에 빠져서 집에 오는 것도 잊고 있었잖아요. 예수를 성전에서 찾았을 때 그때까지 가졌던 큰 걱정이 순식간에 대견한 마음으로 바뀌었던 거 기억하죠? 이 녀석을 찾기만 하면 정신을 바짝 들게 할 것이라고 벼르던 당신은 우리의 아들에게서 눈을 떼지 못했죠.

그런데 요셉, 우리 아들 예수는 너무 특별해요. 당신 아들은 어쩜 이렇게도 어미의 속을 태우는 것일까요. 요셉, 나는 오래전에 할머니가 되었어요. 딸들은 시집을 갔고, 아들들도 장가를 갔으니까요. 그런데 당신의 장남은 멋있는 말은 하면서도 장가갈 생각을 전혀 안 하네요. 어렸을 때 보였던 그 재능 때문인지 알 수 없으나 사람들이 우리의 아들 예수를 선지자라고 부르며 따르기도 하는데, 저는 그게 그다지 내키지 않아요. 어미는 그렇잖아요.

그 아들이 어제는 이 어미도 모르는 말을 했답니다. 자기를 따르는 사람들에게 '누구든지 하늘에 계신 내 아버지의 뜻대로 하는 자가 내 형제요 자매요 어머니'라고 했답니다. 그러면서 예수는 손으로 제자들을 가리켰어요. 그것은 자기 제자들이 자기 가족이란 뜻이겠죠.

그 말을 듣는 순간 어미로서 서운하지 않을 수 없었어요. 사람들이 자기를 선지자라고 부른다고 해도 그렇지, 어쩜, 그런 말을 할 수 있을까요. 내 몸으로 낳고, 내 젖을 먹여 키운 자식에게 그런 말을 들은 내 귀가 원망스러웠답니다. 늙은이는 귀가 밝은 것도 주책이고 죄라는 생각이 들어요. 예수에게 그게 무슨 말이었냐고 물어보고 싶은데, 그럴 용기도 없네요. 어미라 그렇겠죠. 가끔, 엘리사벳 언니를 생각해요. 예수와 요한은 만나기만 하면 밤새도록 자기들끼리 이야기했잖아요. 어렸을 때부터 그 애들은 너무 진지했던 것 같아요.

요셉, 당신은 그대로인데 나만 늙고 있는 것 같아요. 당신이 나를 알아볼 수 있으면 좋겠어요.

＊　＊　＊

노아는 사람들이 신神을 찾는 유일한 이유를 생각한다. 도움이 필요해서? 아니다. 사람들은 드러내고 싶은 것만 알리고, 감추고 싶은 것을 숨기는 일에 최선을 다한다.

나만 아는 비밀을 꼭꼭 숨겨주세요, 하고 기도한다. 하지만, 그런 기도로는 협잡꾼만 만날 뿐이다.

사람들이 모르기만 하면 된다며 그것을 은닉하고, 거짓으로 말하고, 아니면 누군가를 죽이는 게 불가능할 때 신을 찾는 것은 신앙이 아닌데도 다들 그렇다고 여긴다. 신앙이란 게 별세계에서 이루어지는 행위가 아닌데도, 고통이나 기쁨을 자신이 통제하는 게 신앙이라고 믿는다. 치명적인 고통에, 스스로 머리를 쥐어박게 하는 사랑에 그런 식으로 반응하는 게 불가능하다는 것을 모르기 때문이다. 불쌍한 사람들이다.

노아는 권투를 보며 온몸이 뜨거워지는 것을 느낀다. 피를 흘리고 고통이 피어날 때마다 청춘의 감각이 살아났다. 처음부터 그러진 않았다. 어느 순간이었다.

가장 건강한 사람들의 타액이 서로의 얼굴에 튄다. 두 선수는 이마를 맞댄 채 미동도 하지 않는다. 그 자신에게 상대를 파괴해야 할 임무를 받은 전사답지 않다. 자기들의 양손을 앞으로 모으고 기도하는 성직자들 같다. 쾅, 하는 소리가 뇌로 전달된 선수는 자기의 시공간이 멈추었다 폭발하는 것을 느낄 것이다. 지켜보는 이들의 단순하고도 강렬한 감정이 그 위에 덮인다. 노아는 그들을 보며 기도하는 마음이 되어, 세상 어디엔가 있다는 모퉁이 돌 하나를 어디론가 옮기고 싶다. 노아는 자기의 취향을 사람에게 말하지 않는다. 이것을 사랑스럽다, 평화롭다고 할 사람은 많지 않을 것이다.

* * *

김다윗 목사의 막내 아들 진철은 메리보다 한 살 어리다. 진철은 아이였을 때에도 사리事理 분별이 반듯했고, 목적이 분명한 행동을 했다. 진철은 아버지와 교회 일로 갈등을 겪었는데 목사 집안에서 흔히 있는 그런 갈등이었다. 그는 집에서 먼 대학교에 들어갔다. 사회학을 공부했는데, 철학과 신학도 공부했다. 진철은 학교생활을 하면서 지역 봉사 활동, 청소년 캠프 봉사자로 참가했다. 교회는 세상을 변화시키기에 적합한 단체였다.

그런 진철을 눈여겨본 대형 한인 교회 담임 목사가 장차, 자기 교회를 진철에게 물려줄 생각을 하고 그를 사위 삼으려 했다. 그에게는 이 모든 게 자연스러웠고, 당연한 수순 手順으로 여기는 것 같았다. 진철은 그의 생각을 듣고는 주춤했다. 이게 세상이구나 하는 생각이 들었다.

목사의 딸은 세상 물정에 무지했는데 그것이 순진해서인지, 어리석기 때문인지는 그녀도 모르는 것 같다. 진철은 교회를 나왔다. 그녀와도 헤어졌는데, 그녀는 진철에게 슬픈 표정을 잠깐 지었다.

그 후 진철에 관하여 한인 사회에서 안 좋은 소문이 돌았고, 진철은 교회에서 일자리를 구할 수 없었다. 진철은 새로운 진로를 계획했고, 아버지의 교회에서 이전과 비교되는 시도를 하고 싶었다.

김 목사도 아들의 계획을 찬성했다. 아들이 가진 뜻이 나쁜 것도 아니고, 아들이 하고자 하는 일에 성과가 없어도 나쁠 게 없다고 생각했다. 진철에 관하여 교인들은 좋은 기억이 있었고, 다음 세대가 여기에 잘 정착하려면 젊은 사람이 일하도록 해야 한다며 진철이 제시한 교회의 역할에 흔쾌히 동의한다. 그것은 교회의 정체성을 결정하는 것이기도 하다. 진철과 청년들이 친구들, 동네 청소년들을 교회로 끌어들였고, 사람들의 들뜬 목소리가 교회에 가득했다. 교회는 활기를 얻었다.

선교, 봉사 활동 후에 진철과 청년들은 회식하러 김치찌개로 유명한 한식당에 갔다가 노아와 메리를 만난다. 메리가 다가와서 요즘 어떻게 지내냐고 물었고, 청년들은 메리의 질문을 무시할 수 없다. 청년들은 노아를 보고는 쭈뼛쭈뼛 손을 가볍게 흔들거나 눈빛으로 인사한다.

메리는 청년들과 어울리고 싶어 했지만, 교인들은 메리를 받아들일 생각이 없다. 메리 곁에는 노아가 있고, 노아를 따라다니는 메리가 그 옆에서 웃고 떠드는 것을 바라보는 게 힘들 것이다.

메리는 사람들의 시선과 생각이 어떻든 자신을 숨길 수 없다. 스스로 그렇게 할 수 없다. 그건 큰 키와 사랑스러운 외모 때문이 아니다. 태어나면서부터 그랬고, 앞으로도 그럴 것이기 때문이다. 의사는 태아에게 문제가 있을 것이라고 했지만, 엘리엇 부부는 메리를 낳았고, 메리를 숨기려 하지 않았다. 사람들이 어린 메리의 그것을 알아채고 엘리엇 부부에게 애매한 눈빛을 보낼 때면 부부는 메리를 한 번 더 포옹했다.

진철은 메리를 대하는 교인들의 태도를 보며 자기의 마음이 교회에서 멀어지는 것을 발견했다. 진철은 메리와 노아를 은밀하게 배척하는 교인들에 대하여 아버지에게 말한다. 김 목사는 진철에게 네 말이 틀리지 않는다, 하면서도 아들을 지지할 수 없다. 아들이 고민하는 이유는 그분께 배운 진실한 사랑 때문일 것이다. 김 목사는 모든 사랑이 다 가치 있는 것은 아니라고 생각하기에 아들에게는 내가 아는 사랑은 그렇지 않다고만 말한다.

어느 날부터 노아, 메리 그리고 진철이 카페, 식당, 서점 등등 여러 곳에서 눈에 띄었다. 사람들은 노아와 메리에 관해 이야기하지 않기로 무언의 약속이라도 한 것처럼 행동했지만, 더는 그 약속을 지킬 수 없다. 두 사람의 이름만 들어도 머리가 아픈데, 진철이란 이름까지 더해졌기 때문이다.

목구멍에 가시처럼 걸린 말을 참는 것은 불가능하다. 교인 중에 몇 여자들이 김 목사의 아내를 불러낸다.

"사모님, 진철이 저렇게 두 사람과 어울리는 것을 어떻게 생각하세요? 신앙적이라고 생각하세요?"

사모님, 진철 엄마는 자기도 모르게 어금니가 꽉 닫힌다. 눈동자가 흔들리는 것을 감출 수 없다.

"다 큰 아들에게 이래라저래라 하는 게 무슨 의미가 있겠어요."

어렵게 구한 답이다. 무책임하지도 틀리지도 않은 말, 엄마가 아들을 위해서 할 수 있는 유일한 변호였다.

다들 '흠' 하며 숨을 내쉰다. 진철 엄마는 교인들의 길어지는 침묵과 난감해진 얼굴을 보며 지금까지 느껴보지 못한 감정을 겪는다. 이 기분을 뭐라고 설명하기 어렵지만, 가슴 한쪽이 시원한 것은 틀림없다. 그것은 기이한 희열이어서 진철 엄마는 가슴에 살며시 손을 대본다. 내 아들은 이 사람들의 뜻에서 멀리 벗어나 있다.

그들은 목사 내외에게 항상 친절했으나 자기들이 필요한

것을 공공연히 요구하고 은밀하게 명령했다. '목사님, 도와주십시오' 할 때도 그들은 남편이, 목사가 거절하지 않을 걸 전제로 말했다. 그때는 교인들이 원하는 것을 들어줄 수 있는 능력을 갖추고 있는 게 중요했다. 그게 영성이고 실력이었다. 지금까지 도와줄 수 없는 일은 없었다. 기도했고 길을 찾아 만들며 여기까지 왔다.

하지만, 이 중요한 문제의 당사자인 내가 아무것도 할 수 없고, 그 누구에게도 도움이 되지 못한다. 지금은 그 무엇도 할 수 없다. 그런데도 아들을 도울 수 없는 엄마가 되었다는 생각이 들자 더없이 마음이 편하다. 진철이 엄마는 가슴을 펴며 자세를 고쳐 앉는다.

사람들은 노아와 엘리엇 가족을 피한다. 사람들은 누군가가 자기들의 눈 밖에 벗어나면 그 사람에 관하여 말하지 않는다. 문제의 인물을 먼발치에서 발견하면 상대 모르게 피해서 지나갔고, 사람들과 이야기할 때는 그에 관한 격렬한 표현을 삼갔다. 그 말의 불씨를 여기에서 저쪽으로 옮길 사람이 있기 때문이다. 문제가 될 수 있는 여지를 최소한으로 줄이며 상대의 존재 또한 무시한다. 이 바닥에서는 속마음을 내놓고 말하는 것을 상상할 수 없다. 이민 교회에서 신앙과 함께 배우는 게 속마음을 지우는 기술이다. 사람들은 그런 게 불가능하다는 것을 알면서도 종교인답게 그런 게 가능하다고 믿는다. 대부분 그런 식이다. 사람들은 기적이 일어나길 바라는 마음으로 있을 수 없는, 확인도 안 되고 재현再現할 수도 없는, 이야기를 실재였다며 자신을 설득하려고 애쓴다. 어쩌면 불가능한 설득에 어울리는 게 종교인지도 모른다.

＊ ＊ ＊

"장로님, 저, 진철입니다."
진철은 이야기할 게 있다며 찾아오겠다고 한다.

＊ ＊ ＊

제시는 엄마의 이야기를 들으며 자기 무릎을 받치고 누운 에블린의 머리카락을 쓸어 넘긴다.
"그래서, 엄마는 내가 시아버지에게 한번 따지라고 하는 거야?"

"그렇잖니, 알렉스가 에블린 할아버지에게 그냥, 다 버리고 집으로 돌아오세요, 하진 않을 테니까."

제시는 엄마가 낯설다. 엄마는 아버지 없이 지낸 지 십 년이 더 되었다. 아버지가 돌아가셨을 때, 엄마와 이틀에 한 번은 만나서 많은 이야기를 했다. 제시와 제시 엄마는 자신과 가족에 관해서 처음으로 가장 오래된 것부터 숨겨진 것까지, 많은 이야기를 했다.

제시는 에블린이 태어나고는 엄마의 이야기를 더 잘 이해할 수 있었는데, 어느 날부터 엄마의 이야기는 끝까지 듣지 않고도 결말을 알 수 있었다. 다들 그렇게 산다, 어쩔 수 없는 일들과 어울리는 게 인생이고 세상이란다, 하는 게 엄마가 원하는 결론이었다. 모든 게 어쩔 수 없이 그렇단다, 하는 말로는 충분하지 않다는 것을 엄마는 이해하지 않는다.

제시는 시아버지에게 받은 선물을 기억한다. 알렉스의 검소함은, 자칭 합리적인 소비라고 말하는, 제시의 선물을 살 때도 한결같았다. 아내며 엄마로서 선물을 받았다고 말할 수 없을 정도였다. 노아는 그런 날이면 제시에게 선물

교환권이나 현금을 선물했다. 주말이면 노아는 알렉스와 제시를 데리고 분위기 있는 곳으로 데려가 외식을 했다.

에블린은 핸드폰에 있는 할아버지 사진을 보여달라고 떼를 쓰며 할아버지가 집에 오면 좋겠다고 한다. 에블린은 자기 담요를 들고 할아버지, 할머니 방에서 자는 걸 좋아했다. 그럴 때면 손전등 놀이를 할 수 있기 때문이다. 할아버지가 가르쳐 준 놀이다.

제시는 소파에 앉아 왼손으로 턱을 괸다. 남편은 시아버지를 설득하지 않을 것이다. 시아버지만 마음을 바꾸면, 메리와 함께 지내지 않으면, 메리와 헤어지면, 모든 게 평화롭게 될 것이다. 사람들의 눈치를 살피거나 사람들을 피해 다니지 않아도 될 것이다. 제시는 잠든 에블린의 얼굴을 본다. 제시는 시아버지를 만나서 그 무엇을 분명히 하겠다고 생각한다. 한 사람만 생각을 바꾸면 가족과 교회 사람 모두가 예전처럼 화목하게 지낼 수 있을 것이다.

* * *

전화벨이 울리고 발신자의 번호, 이름이 화면에 비친다.

며느리다. 노아는 전화기를 들고 만지작거리다가 숨을 길게 내쉬고는 전화를 받는다.

"할아버지, 메리 언니가 우리 할머니 되는 거야?"

질문할 때면 언제나 당돌한 에블린이다. 똘망똘망한 손녀의 눈과 야무진 입이 코앞에서 어른어른한다.

"할아버지는 메리 언니네 집에서 살잖아. 나도 함께 살고 싶어."

노아는 일어서서 거실을 걸으며 에블린의 목소리를 듣는다. 에블린이 양쪽 팔꿈치를 허리에 붙인 채 손을 이리저리 흔들며 말하는 모습이 떠오른다. 노아는 거실 사방으로 눈길을 돌이며 아니, 그런 것은 아니라고 하는데, 에블린은 노아의 답을 기다리지 않고, 요즘 유치원에서 문제를 일으키고 있는 친구에 관해 이야기한다. 선생님도 문제가 있는 것 같으니까 할아버지가 와야 한단다.

* * *

저녁 설거지를 마쳤을 때 진철이 문을 두드린다.

"들어가도 되겠습니까?"

진철은 노아보다 키가 크고, 또래의 젊은이들보다 몸도 다부지게 생겼으며 발걸음은 묵직하다.

노아는 말없이 진철에게 거실 안쪽에 있는 소파를 손으로 가리킨다. 메리는 진철에게 손을 흔들고는 화장실 앞에서 티셔츠를 벗어 던진다. 메리는 삼십 분 동안 샤워를 할 것이다. 노아는 차를 준비하며 진철에게 무슨 일 때문이냐고 묻지 않는다.

진철은 낮은 목소리로 말한다.

"메리와 결혼하겠습니다."

결혼, 하고 노아는 속으로 중얼거린다. 노아는 진철의 말에 가부可否와 무관한 고갯짓을 끄덕거린다. 부모님하고 상의해 봤냐는 노아의 말에 진철은 아니라며 고개를 가로 젓는다.

"부모님께 짐이 되기 싫습니다."

자기의 생각과 양심을 따라서 살고 싶다는 진철의 말은 진철의 의도意圖를 확실하게 벗어날 것이다. 또한, 진철이 지려는 짐을 김 목사 내외는 도울 수 없다는 게 그들에게 짐이 될 것이다.

노아는 진철의 행동을 신앙이나 사랑으로 판단하지 않는다. 노아는 자기 발로 걸어온 진철에게 앞으로 어떻게 생활할 것인지 묻는다. 진철은 노아의 말에 얼굴이 붉어진다. 결혼이 무엇인지 그도 안다.

노아는 언제 결혼할 것인지 물었고, 진철은 바닥을 내려다본다. 진철은 그 목사가 자기 딸과 결혼시키고, 후계자로 삼겠다고 했을 때 싫다고 했던 장면을 떠올린다.

"메리 아버님께 승낙을 받아야겠죠?"

노아는 그런 것은 중요치 않다고 한다. 진철이 원하면 지금 당장이라도 결혼이 가능한 것처럼 말하는 노아의 말에 진철은 말을 잃고 노아를 본다.

"둘이서 지금, 이 도시를 떠날 수 있어? 먼 곳으로."

진철은 '네' 하며 고개를 끄덕이면서도 당황스럽다. 중요한 결혼을 이처럼 신속하게 하는 게 옳은 일인지, 이처럼 가벼워도 되는지 생각한다. 첫 키스도 그랬지만.

노아는 진철의 얼굴을 살피며 말한다. 어디로 갈 것인지 일주일 동안 찾아보고, 그리로 이삿짐을 보낸 후 다시 오겠냐는 노아의 말에 네, 하고는 잠시 후에 묻는다.

"이사하라는 말씀이죠?"

노아는 '음' 하고는 메리의 침실에 들어가서 메리가 갈아 입는 옷을 침대에 올려놓고 온다. 노아가 말한다.

"그래서, 앞으로 뭐를 하고 싶어?"

"결혼요?"

"아니, 어떤 일을 하며 살 거냐고."

"생각해 봐야죠."

노아는 왜 메리하고 결혼할 생각을 했냐고, 사랑하냐고 묻지 않는다. 마치, 두 사람이 오래전에 약혼한 것처럼 대한다.

"메리 누나를 처음 본 것은 누나가 학교 가방을 길에서 내동댕이칠 때였어요."

진철은 이 말을 하고 싶었다. 앞으로 말할 기회가 없을지도 모른다.

"초등학생이었어요. 그때 누나가 그냥, 불쌍했어요. 학교생활이 쉽지 않을 게 분명했으니까요. 누나가 긴 머리카락을 흔들며 발을 굴렀는데 가끔 그 장면이 떠올랐어요. 누나의 울음소리도."

노아는 혼잣말처럼 '그랬군' 하며 진철 앞에 있는 비스킷과 차를 손으로 가리킨다. 어쩌면 누나가 예뻤기 때문에 그런 마음을 가진 것인지도 모르죠, 하고 진철은 속으로 중얼거린다.

메리가 셔츠를 입고 나왔는데 앞뒤를 돌려 입었다.

"메리, 비스킷 먹을까? 그전에 옷을 바로 입으면 좋겠네."

노아는 메리를 방으로 데리고 가서 옷을 바로 입혀 나온다.

메리는 진철 반가워, 하며 손을 가볍게 흔든다. 덜 마른 긴 머리카락이 메리가 몸을 움직일 때마다 좌우로 흔들린다. 메리는 소파에 앉으며 비스킷을 한 주먹 집는다. 진철은 메리의 웃는 듯 무심한 얼굴을 바라보며 어떻게 살 것인가, 무엇을 할 것인가의 차이를 생각한다.

알록달록한 캐릭터가 등장하는 만화 영상을 보던 메리가 자기 손에 있던 비스킷 하나를 진철에게 준다.

* * *

제시는 시아버지에게 전화하는 걸 늦출 수 없다. 신학기가 시작되면 마음도 분주하고 일도 많아지고, 에블린도 학교에 다닐 것이다. 지금처럼 알렉스하고 필요한 말만 하며 지낼 수는 없다.

'아버님, 이번 주말에 점심 같이하실 수 있으세요? 에블린이 아버님을 계속 찾아요.'

노아는 오전에 문자를 확인하고는 저녁에 답한다. '장소와 시간을 남기렴.'

* * *

"알렉스는 직장 생활 잘하고?" 알렉스는 함께 오지 않았다. 노아는 알렉스와 지난주에 통화했다. 에블린은 노아 곁에 앉아서 할아버지에게 받은 선물 상자의 포장을 벗긴다. 제시는 에블린의 호기심 가득한 얼굴을 보며 답한다.

"잘하고 있어요. 아버님은 어떻게 지내세요?"

"잘 지내고 있다."

노아는 에블린의 머리를 쓰다듬는다. 사랑스러운 손녀

다.

"사람들은 아버님에 관해서 집요하게 수군거려요. 아버님도 짐작하시겠지만요."

제시는 시아버지를 불쾌하게 하고 싶지 않다.

"아버님께서 하시는 일이 엘리엇 부부와 메리를 도울 수 있는 유일한 해결책이자 정의로운 행동일지라도요."

노아는 아무 말도 하지 않는다. 장난감을 들고 웃는 에블린의 등을 토닥인다.

제시는 에블린을 보며 숨을 길게 들이마시고는 말한다.

"아버님은 은퇴하셨잖아요. 메리가 아버님께서 일하셨던 그 학교의 학생도 아니고요. 은퇴하면 직장에서 있었던 일을 잊고, 당시에 감당해야 했던 책임을 벗는 거잖아요. 저는 아버님이 잘 감당하셨다고 생각해요."

제시는 진심을 말했다. "메리까지도요."

제시는 다시 숨을 들이켠다.

"하지만, 이제 에블린도 생각해 주셔야죠."

제시는 '메리만큼' 이라는 말은 꿀꺽 삼킨다.

노아는 공원의 그네와 시소 위에서 크게 웃는 메리와 에블린을 본다. 노아는 두 사람을 향해 조심해, 라고 말한다. 바람이 소리도 없이 이마와 손등을 스친다. 노아가 말한다.

"네, 말이 맞다."

제시는 노아의 말에 아무 답도 하지 않고 숨을 크게 쉰다.

"생각해 보마."

노아는 싱긋 웃으면 말한다. 그것은 자신을 향한 미소였다.

맞는데 생각해 보겠다는 게 무엇인지 알 수 없다. 제시는 에블린과 메리를 본다. 두 사람 곁에 비둘기들이 내려앉는다. 제시는 시아버지의 머리가 하얗게 된 것이 언제부터였는지 생각한다. 기억나지 않는다.

노아는 어렸을 때, 새처럼 하늘을 날 수 있으면 좋겠다고 생각했다. 일하지 않고, 공부하지 않아서 자유로울 것 같았다. 그러다가 언젠가부터 바람에 몸을 맡기는 새들을 부러워하지 않았다. 그 무엇을 보아도 심드렁했을 때다. 산다는 게 홀로 있는 방에서 창밖을 보는 것처럼 느껴졌다.

노아는 오십 중반에 아내와 함께 해외여행 갔을 때를 생각한다. 낯선 언어가 가득한 시장을 걸으며 아내는 말했다.

'나이 들수록 삶이 무거운 이유는 돈과 건강에 관한 긴장감 때문이잖아. 그런데도 다들 그게 우리를 더 좋은 삶으로 이끌 것처럼 말하고.'

그건 그랬다. 그것에 집중력을 발휘할수록 그게 사람의 땀과 인내를 한순간에 흩어버리는 이중적인 얼굴을 가졌다는 것을 알면서도, 그것을 무시하고 살았다.

'돌이킬 수 없는 나이를 먹었기 때문이 아니라, 인생을 생각하고 인생을 알게 될 때가 있잖아.'

아내는 재미있는 걸 발견한 얼굴이었다.

'그런 것 때문에 갑절이나 긴장하지 않아도 좋았을 내 인생이 가엽다고 느껴지는 그 순간, 곧바로 자기가 하고 싶은 것을 하는 게 좋을 것 같아.'

노아는 아내가 나이와 상관없이 사는 사람 같았다. 노아는 아내의 말에서 겸손謙遜을 생각했다. 그것은 사람을 대할 때 갖는 태도나 예의가 아니라 인생에 대한 경외감이었다. 사람들은 자기 계획에 일치하는 삶을 살고 싶지만, 인생은 예상을 벗어난 길로 사람을 끌고 간다. 그것은 내 모든 것보다도 강력하며 또, 다들 그런 식으로 살았다. 색다른 어쩔 수 없음이 그곳을 차지하고 있다. 그처럼 시간과 기회가 내 손에 있지 않은데도, 나는 수시로 넘어졌는데도 여기에 내가 잘 있다. 그것은 어쩔 수 없는 것들의 결과가 아니다. 인생은 그 스스로 나에게 책임을 다하며 경건했다.

노아는 서른 즈음, 장마철에 자전거를 타고 전국을 여행했다. 헐떡이며 고개를 오르고 있을 때 노아를 스치며 지나던 트럭 운전사는 변속 시점에서 가속 페달을 깊이 밟지 않았다. 그렇지 않았다면 노아는 검은 매연을 고스란히 들이마셨을 것이다. 숨을 한 번 고르는 사이에 있었던 일이지만, 노아는 그 운전사에게 받은 배려를 지금껏 갖고 있다.

* * *

노아와 진철이 만난 지 한 달 뒤에 엘리엇 부부가 돌아왔다. 두 사람은 진철을 만나자 밝게 미소지으며 진철과 포옹

한다. 진철과 메리는 이튿날 집을 떠난다. 두 사람의 가방 몇 개를 회색 차에 싣고 노아는 진철과 악수하며 말한다.

"예상하고 기대하는 것만큼 이루어지지 않아도 천천히 해. 주님이 함께하실 거야."

"건강히 지내십시오."

진철은 노아의 손을 잡고 허리를 숙이며 말한다.

메리는 보고 싶어서 금방 오겠다고 하는데, 메리가 그 말을 기억한다는 보장은 없다. 메리는 엄마와 아빠의 볼에 입을 맞추고, 노아를 꼭 안는다. 진철이 운전하는 회색 자동차는 눈앞에서 빠르게 사라진다.

노아는 알렉스, 제시, 에블린이 있는 집으로 돌아가지 않는다. 노아는 작은 가방을 메고 집을 떠났다. 노아는 잠시 여행을 다닐 생각이다. 노아의 계획을 들은 알렉스는 미소 지으며 말한다.

"아버지가 지내시는 곳에서 찍은 사진을 보내주세요."

노아가 보낸 사진에는 곧게 뻗은 길과 높은 산이 보인다. 계절과 풍경을 보며 해외라고 짐작한다. 노아는 홀로 어딘가를 걷는 것 같다. 낯선 사람들과 어울린 사진, 눈이 큰 소

와 얼굴을 맞대고 찍은 사진, 노아와 새가 빵을 함께 먹는
다. 쓸쓸함과 충만함이, 환대와 고독이 한데 어우러져 있
다. 숲의 어디에선가 머무는 사진도 있다. '그런 곳은 위험
할 것 같은데요' 하고 댓글을 남기면 노아는 '지금 이렇게
답하고 있네' 하며 웃는다.

어떤 때는 오지奧地라서 인터넷이 안 된다며, 한참이나 연
락하지 않는다. 그렇게 서너 주일에 한 번씩 사진을 보낸
다. 노아는 사랑한다, 하는 말도 썼다.

에블린은 가끔 노아에게 전화한다.

"내가 할아버지하고 놀고 싶으니까, 어서 집에 와."

노아는 농장에서 일하는 중이라며, 일이 끝나면 집에 가
겠다고 한다.

"할아버지도 에블린하고 놀고 싶거든."

"할아버지, 크리스마스 때 올 거야?"

에블린이 심각하게 묻는다. 선물을 받고 싶은가 보다.

노아는 그렇게 될 것이라며 크게 웃는다. 알렉스는 노아
가 원한다면 집 근처에 아버지의 거처를 마련하겠다고 한
다. 노아는 좋은 생각이라며 미소 짓는다.

노아의 여행이 일 년쯤 되었을 때, 경찰차가 집 앞에 서고, 경찰 두 명이 알렉스 집의 문을 두드린다. 알렉스가 문을 연다. 경찰차가 집 앞에 있는 것을 본 에블린이 달려와서 아빠의 다리를 붙잡고 곁에 선다.

"여기가 노아 씨 집입니까?"

경찰의 말에 에블린이 빠르게 답한다.

"우리 할아버지가 노아인데요."

경찰은 서로의 얼굴을 보더니 한 사람이 작은 쪽지를 알렉스에게 준다. 제시가 알렉스의 어깨에 손을 얹는다.

"안타까운 소식을 전하게 되어서 유감입니다. 노아 씨가 사망했다는 연락을 받았습니다."

경찰은 종이에 연락처가 기록되어 있으니 전화해 보라며, 그것은 사고였다고 한다.

노아는 자기 유산을 진철에게 준다는 유언장을 알렉스와 엘리엇에게 남겼다.